내가
지키는
글쓰기
원칙

임철순

김순덕

오병상

오태진

박수련

이준희

이승철

이규연

이재경
기획

내가 지키는 글쓰기 원칙

이화출판

좋은 글쓰기를 위한 길잡이

좋은 글은 닫힌 눈을 뜨게 합니다. 막힌 가슴을 틔워줍니다. 세상 대하는 마음을 따뜻하게 하고, 혼란스런 생각을 정리해주기도 합니다. 좋은 글은 힘 있고 돈 있는 이들의 간담을 서늘하게도 합니다. 무엇보다 좋은 글을 읽으면 자신도 모르게 행복해집니다. 좋은 글은 그렇게 해서 함께 사는 사회의 품격을 높여줍니다. 좋은 글을 쓰기는 어렵습니다. 오랜 시간 꾸준한 노력과 수련이 필요합니다.

레드 스미스^{Red Smith}라는 기자가 있습니다. 〈뉴욕 타임스〉에서 스포츠 칼럼니스트로 전설적인 명성을 얻었습니다. 그가 졸업한 노트르담대학에는 그를 기리는 레드 스미스 강좌가 지금도 계속되고 있습니다.

"글쓰기는 간단합니다. 타자기 앞에 앉으십시오. 그리고 혈 관이 열리고 이마에서 핏방울이 흘러내릴 때까지 애를 쓰면 됩 니다."

스미스 기자가 1949년 젊은 기자들에게 해준 얘기입니다. 쉽고, 유려한 레드 스미스의 칼럼이 피 흘리는 노력으로 만들어진다는 고백입니다. 좋은 글은 재주나 천재성으로 만들어지지 않습니다. 단문의 대가였던 헤밍웨이는 자신의 원고를 서른 번씩이나 고쳐 썼습니다. 고치는 과정이 독자에게는 보이지 않았을 뿐입니다.

데이비드 핼버스탐David Halberstam은 논픽션의 대가입니다. 미국 언 론 인물사라 할 수 있는 『The Powers That Be』, 베트남전 실패 원 인을 규명하는 『The Best and the Brightest』등의 명저를 베스트셀 러로 만들었습니다.

핼버스탐의 글쓰기는 발품 팔기의 진수입니다. 그는 책 한 권 낼 때마다 400~500명에 이르는 인터뷰 대상자의 이름을 밝힙니 다. 영상 효과와 신속성으로 승부하는 텔레비전이 할 수 없는 영 역을 개척하려는 노력입니다.

"이제 뉴스 전달의 중심 역할은 TV 몫입니다. 글 쓰는 인쇄매체 사람들은 TV 카메라가 가지 못하는 곳으로 가야 합니다. 다행히 TV 이미지는 문제를 제기하는 일을 잘합니다. 그 답을 찾아 독자에게 전하는 일은 글 쓰는 사람이 더 잘 할 수 있습니다."*

핼버스탐이 왜 자신이 끊임없이 취재하고 확인해야 하는지를 설명하는 글입니다.

게이 탤리즈Gay Talese는 소설적 기법으로 논픽션에 접근하는 뉴 저널리즘을 시작한 사람 가운데 하나입니다. 그 또한 집요하게 진실 찾기에 몰입합니다. 그는 스스로 자신의 취재 방식을 '벽에 붙은 파리A Fly on the Wall' 방식이라고 불렀습니다.

"논픽션 작가로서, 나는 지극히 사적인 생활에 호기심을 집중합니다. 나는 논픽션을 창의적 양식으로 써나갑니다. 창의적 이라는 뜻은 진실이 아닌 것을 의미하지 않습니다. 나는 이름을 지어내지도, 복합적 인물을 만들지도 않습니다. 절대로 사실을 가지고 장난치지 않습니다. 나는 현존하는 인물을 철저한 조사와 인간관계를 통한 신뢰 형성 등으로 완전하게 이해하려고 최선을 다합니다. 대상 인물을 너무도 친숙하게 알게 돼서, 그가 내 인생의 일부인 듯이 느껴지도록 노력합니다."**

탤리즈 식 '벽에 붙은 파리'가 어떻게 취재 대상을 관찰하는지를 잘 설명하는 글입니다.

⋮

한국에도 글쓰기를 필생의 업으로 좋은 글을 독자에게 전하려 애쓰는 분들이 많습니다. 그러나 그들이 자신이 하는 일에 어떠한 의미를 부여하는지, 매일매일 무언가를 써내야 하는 글쓰기의 부담을 어떻게 이겨 나가는지를 독자들에게 얘기하는 기회는 드물었습니다.

다행히 2012년 봄에 우리나라를 대표할 만한 신문 기자 여덟 분을 이화여대 강의실에 초청할 수 있었습니다. 한국언론재단에서 신문 읽기를 진흥하기 위해 지원해준 덕분입니다. 당시 한국일보 임철순 주필, 이준희 논설위원, 동아일보 김순덕 논설위원, 조선일보 오태진 논설위원, 중앙일보 오병상 논설위원(현재 JTBC 보도국장), 박수련 기자, JTBC 이규연 보도국장(현재 중앙일보 논설위원), 경향신문 이승철 논설위원 등이 흔쾌히 응해주셨습니다.

이분들께 부탁드린 강의 주제가 이 책의 제목인 '내가 지키는 글쓰기 원칙'입니다. 강의를 기획하던 단계부터 책으로 만들어볼

욕심이 있었습니다. 다시 한 번 소중한 시간을 내주신 기자 분들께 감사드립니다. 이러한 강의가 가능하도록 지원해준 한국언론재단에도 감사합니다. 열성적으로 강의에 참석해준 '저널리즘 비평' 수강생들, 그리고 강의 내용을 녹화하고 글로 옮겨준 서리나 학생의 노력이 없었으면 이러한 책이 만들어지기 어려웠습니다. 이들에게도 고마움을 전합니다.

이화여자대학교출판부는 책에 대한 생각을 실물로 구현해가는 과정에 탁월한 전문성을 보여줬습니다. 꼼꼼한 교정 작업과 읽기 좋은 디자인에 대한 출판부의 전문성에 경의를 표합니다. 좋은 책 뒤에는 이름을 드러내지 않는 에디터들이 있음을 확인할 수 있었습니다.

마지막으로 50여 년을 글쓰기에 전념했던 핼버스탐의 충고로 마무리합니다.

"(글을 잘 쓰고 싶으면) 읽으십시오. 논픽션을, 신문을 읽으십시오. 그러다 훌륭한 글을 써내는 기자를 또는 칼럼니스트를 발견하면, 그의 코드(글쓰기 틀)를 해체하십시오. 글을 샅샅이 분해해 글쓴이가 어떠한 과정을 거쳤는지를 알아내십시오. 그가 취재를 위해 어느 곳을 찾아갔고, 글은 어떻게 짜여 있으며,

왜 그 글이 흥미롭게 읽히는지를 알아내야 합니다."

그렇습니다. BMW 자동차를 이기려면, 철저하게 그 차를 연구해야 합니다. 글쓰기도 마찬가지입니다. 『내가 지키는 글쓰기 원칙』이 그러한 글쓰기 공부 과정에서 좋은 길잡이가 되기를 희망합니다.

이재경
(이화여자대학교 언론홍보영상학부 교수)

* Halberstam, David(2007). "The Narrative Idea." In (Kramer, M. & Call, W. Eds.) Telling True Stories: A Nonfiction Writers' Guide,(pp.10-13). Boston: Havard univ. Press.
** Talese, Gay(2007). "Delving Into Private Lives." In (Kramer, M & Call, W. Eds.) Telling True Stories: A Nonfiction Writers' Guide,(pp.6-9). Boston: Havard univ. Press.

차례

01

우리말
지키는
글쓰기

임철순(한국일보 논설고문)

'일물일어설'이라는 말이 있습니다.

한 사물을 표현하는 데는 한 단어밖에 없다는 뜻입니다.

이것을 다시 강조하고 싶습니다.

제가 글을 쓰면서 늘 주의하는 것은 적확한 말을 찾는 것입니다.

글쓰기에 대해 말씀드리기 전에 먼저 제가 하고 있는 논설위원이라는 일에 대해 잠깐 소개할까 합니다. 다들 아시다시피 저는 논설위원실 주필입니다. 각 사에는 논설위원들이 있고 그들이 사설을 씁니다. 매일 오늘은 무얼 쓸 것인가, 어떻게, 누가 쓸 것인가 회의를 하는데 그 회의를 주재하는 사람이 저예요. 제가 주필 맡은 지 5년이 넘었는데 갈수록 더 힘들다는 생각을 합니다. 정치, 사회 모든 현안에 대해 분명한 입장을 밝히기 어렵고 우리나라같이 진영 논리가 강한 사회에서 의견을 말하기가 어렵기 때문입니다.

백상 장기영이라는 분이 〈한국일보〉를 창간하셨는데 그분이 1960년대 우리나라 경제개발의 초석을 닦은 사람입니다. 그분이 여러 가지 좋은 말씀을 많이 하셨는데 제 방 액자에 걸려 있는 글이 있어요. '사설은 쉽게 써야 한다. 사설 제목은 시와 같아야 한다'는 것입니다. 쉽게 쓰려고 하면 어떤 상황에 대해 충분히, 광범위하게 알고 있어야 합니다. 대개 모르는 사람이 어렵게 쓰는 법이죠. 논설위원들이 하는 일은 쉽게 쓰는 것입니다.

저는 '데스킹'이라고 해서 틀린 단어나 문장은 없는지, 지나치게 과격한 주장은 없는지 글을 다듬는 일을 합니다. 제목을 붙이는 것도 제 일 중 하나입니다. 장기영 선생이 사설 제목은 시와 같아야 한다고 해서 늘 고민하는 부분입니다. 시와 같아야 한다는 말이 운율을 맞추라는 뜻은 아닐 겁니다. 어감을 살리면서 그 글에 적합한 것을 선택하라는 것이겠죠. 또 신문은 매일 나오는 것이기 때문에 매일 다음날 아침 다른 신문의 제목, 기사를 보면서 비교를 하는 일도 합니다.

저는 고등학교 때 문예반에서 활동을 했어요. 하다 보니 반장까지 했거든요. 그래서 어려서는 굉장한 소설가나 시인이 될 줄 알았습니다. 지금은 이렇게 신문에 글을 쓰고 있지만 말이죠. 문학적 글을 쓰려고 했었는데 어쩌다 보니 기자가 됐어요. 지금 생각해보면 우스운데 대학교 4학년 때 동아리 활동을 할 때 후배들이 "형은 졸업하고 뭐할 건데?" 하고 묻기에 그냥 "신문 기자나 해봐야겠다." 이랬어요. 그렇게 해서 기자가 되어 지금까지 40년 가까이 일해왔습니다.

제가 지금 쓰는 글은 두 가지입니다. 첫째는 신문에 쓰는 것이고 두 번째는 온라인 '자유칼럼'에 쓰는 건데요, 이 두 가지를 저는 구분해서 합니다. 신문에 2주마다 쓰는 칼럼에는 사회 현안에 대해 주장하는 딱딱한 글을 쓰고, 자유칼럼에는 개인적 에세이 같은 것을 쓰죠. 짐작하시겠지만 후자가 더 편해요. 글의 양과 소재에 제한받을 필요가 없거든요.

처음 기자를 시작할 때는 이런 것이 자유롭지 못하죠. 이른바 6하 원칙에 맞춰 써야 하잖아요. 그것에 매이기 때문에 자기 마음대로 할 수가 없어요. 초년기에 가장 중요한 건 글을 충실하고 정확하게 쓰는 것이죠. 일정한 틀에 맞춰 기사 쓰는 것을 배우고 그다음 단계를 지나가면서 박스 기사를 쓸 때는 좀 더 자유스러워진다고 할 수 있습니다.

저는 선배들한테서 많이 배웠습니다. '첫마디, 리드를 어떻게 써서 독자들을 사로잡을 것인가'라는 고민을 많이 했습니다. 여러분도 잘 아시는 소설가 김훈 씨 있죠? 김훈 씨는 원래 저와 1974년 입사 동기인데, 1980년대 초 당시 목동을 개발할 때였습니다. 어디든, 어느 시대든 재개발을 하다 보면 데모가 생기고 하죠. 그때 기억나는 김훈 씨의 리드가 있습니다. 그의 기사는 '목동 마을 사람들은 불도저가 미웠다.' 이렇게 시작됩니다. 그때로서는 파격적이었죠. 사회부 기자들은 쓰는 틀이 있고 특히 〈한국일보〉는 엄격해서 일탈이 용납되지 않는 분위기였거든요. 그런데 리드에서

'미웠다' 이러니까 선배들이 놀랐죠. 김훈 씨 글의 특징은 고칠 수가 없다는 거예요. 처음을 고치면 전체를 다 고쳐야 하거든요.

제 이야기를 한번 해볼까요? 1980년대 중반 추석을 앞두고 전남 벌교에 큰 수해가 났을 때 현장 취재를 했는데, 그때 리드를 '추석 대목장이 덤핑시장으로 변했다'라고 썼습니다. 선배들이 잘 썼다고 하더라고요. 이렇듯 리드라고 하는 것은 글의 인상을 결정할 뿐만 아니라 무엇을 얘기하는지 독자에게 알리는 대목이기 때문에 중요합니다.

제가 선배로부터 들은 이야기 하나 소개합니다. 라이온스 호텔이라는 큰 호텔에서 불이 나서 사람들이 죽고 난 뒤에 또 불이 났어요. 독자들에게 이것을 어떻게 전달해야 할까요? 이런 호텔이 있는지도 모르는 어머니에게 설명할 때는 "어머니, 30몇 층이나 되는 호텔에서 불이 두 번이나 나서 사람들이 죽었대요." 이렇게 말한다는 거죠. 그런데 그 호텔을 알고 있고, 나와 함께 가본 일도 있는 아내에게 말할 적에는 "여보, 우리가 지난번에 갔던 라이온스 호텔 있잖아, 거기서 불이 또 나서 몇 명이 죽었어." 이렇게 말한다는 거죠. 이처럼 독자가 누구인가, 독자가 뉴스를 어느 정도 알고 있는가에 따라 리드가 달라져야 한다는 것입니다.

여러분 중에 바둑 두는 분이 있는지 모르겠지만 바둑은 두다 보면 한 수 한 수마다 맥이 달라져요. 상대방이 두는 수에 따라 달라지는 것인데, 바둑 기사들은 그 국면에서 '이 한 수'를 찾기 위해 늘 고심합니다. 마찬가지로 시인이든, 교수든, 기자든 이 상황, 이 문장에 적확한 말이 무엇일까 늘 고민을 하지요. 쉽지 않은 일입니다. 자신이 그날의 현안과 독자에 대해 얼마나 충분히 파악하고 있느냐에 따라 달라지니까요.

앞서 이야기하던 글의 제목에 관해 다시 말씀드리겠습니다. 제목은 스스로 정해야 할 때도 있고 신문 기사 같은 경우 제목을 붙이는 부서가 따로 있기도 합니다. 저는 처음 편집기자로 들어가서 제목 붙이는 일을 한 7년 했어요. 8년차 됐을 때 사회부로 옮겨 취재활동을 새로 배우다시피 했는데 남의 글을 읽다 보면 생각을 많이 하게 되죠.

제가 학교를 다닐 때 사진을 찍으러 다니는 선생님이 계셨는데 이분은 상업 선생님이었어요. 그분 권유로 다른 선생님도 사진을 찍게 됐습니다. 국어 선생님이었어요. 그런데 나중에 그 국어 선생님이 훨씬 더 유명해지고 인정을 받게 됐어요. 사진에 제목을 잘 붙였기 때문이지요. 인상적인 것 중 하나가 굴비가 엮어진 사진을 찍고 '절규'라는 제목을 붙였어요. 입 벌린 채 죽은 굴비의 모습을 그렇게 표현한 겁니다. 반대로 상업 선생님은 기능적으로 잘 찍기는 하는데 그런 제목을 생각하지는 못했지요. 제목을 잘 붙일 수 있는 능력, 인문학적 상상력이 그만큼 중요하다는 것이죠.

신문으로 돌아가서 말하자면, 예전에 정효주라는 어린이가 살해를 당했어요. 나중에 범인을 잡고 보니 그 집 운전사였습니다. 이 사건을 보도하면서 한 신문사는 '효주 양 살해범은 자기 집 운전사'라고 제목을 달았어요. 다른 신문은 '효주 양 살해범은 그 집 운전사', 이랬어요. 같은 내용의 제목이라도 직접적이고 바로 지칭하는 '그 집'이 훨씬 낫죠.

우리가 정국을 설명하면서 흔히 쓰고 있는 '여소야대' 이런 말도 신문이 만든 것입니다. '여야, 전국서 동반당선'이라는 말도 같습니다. 또 예전에는 공중전화를 걸 때 동전을 전화기에 넣으면 남은 돈이 반환되지 않고 전화기가 먹었어요. 어떤 신문이 그 기사를 먼저 썼는데 다른 신문이 이를 뒤에 보도하면서 그 돈을 '낙전'이라고 표현했어요. 떨어질 낙※에 돈 전※ 자. 그때부터 낙전이라는 말이 정착됐습니다. 작가나 소설가들도 그렇지만 신문 기자들도 사회현상 보도를 통해 의미를 전달해주면서 말을 만들어내는 일을 합니다. 60~70년대에 추석이나 설날과 같은 명절이 되면 대목이라고 손님들에게 바가지를 씌우는 상인이나 임금을 제때

　　　　　　　　　　　　　내가 지키는 글쓰기 원칙

지불하지 않아 체불한 업주가 문제가 되곤 했어요. 그런 사람들을 단속한다고 정부가 보도자료를 냈는데, 이를 보도하면서 신문이 '서민생활 침해사범'이라는 말을 썼어요. 그 말이 이전에는 없었던 것입니다. 신문이 만든 말이지요.

저는 1989년에 한국일보가 신년을 맞아 불우이웃 돕기 캠페인을 할 때 '함께 사는 사회'라는 말을 만들었습니다. 또 과거와는 다른, 굉장히 개성 있는 젊은이에 관한 시리즈를 기획하면서 그들을 뭐라고 할 것인지 고민하다가 '신세대'로 지칭하기로 했어요. 일본에서는 신인류라는 말을 만들어내기도 했지요. 압구정동에서 노는 아이들을 가리키는 '오렌지족'이라는 말도 〈한국일보〉가 만들었어요. 이렇듯 말 만드는 일이 중요하다는 것을 인식해야겠습니다. 말을 만드는 것은 본질에 대해서 충분히 이해하고 파악해야 가능하지 않겠습니까.

'일물일어설'이라는 말이 있습니다. 한 사물을 표현하는 데는 한 단어밖에 없다는 뜻입니다. 이것을 다시 강조하고 싶습니다. 제가 글을 쓰면서 늘 주의하는 것은 적확한 말을 찾는 것입니다. 예를 들어 '이란'과 '이라는'을 저는 구분해서 씁니다. '사람이란 동물의 일종이다.'가 맞지 '사람이라는 동물의 일종이다.'는 성립할 수 없는 말입니다. 얼마 전 석간 신문을 보니 "오늘 자정 선거

전 돌입"이라는 제목이 나왔어요. 자정이라는 것은 0시를 말하는 거지요. 오늘이 29일인데 오늘 자정이라고 하면 29일 0시이고, 내일 자정이라면 30일 0시인 거지요. 그런데 그 신문이 내일 자정이라고 써야 할 것을 오늘 자정이라고 쓴 겁니다.

표현과 단어뿐만 아니라 부사에 대해서도 중요하게 생각합니다. 이게 전달하고자 하는 메시지를 확실하게 해주는 품사거든요. 여러분 혹시 「우리를 슬프게 하는 것들」이라는 수필을 아십니까? 예전에 교과서에 있던 글이었는데 10대의 감수성을 자극하는 좋은 에세이였어요.

거기에 우리를 슬프게 하는 여러 가지 것들에 대해 나오는데, 그중 '세 번째 줄에서 떨어진 광대'라는 게 나옵니다. 이게 무슨 뜻일까 생각해봤습니다. 그때 저는 '광대가 첫 번째, 두 번째 줄은 잘 걷고 세 번째 있는 줄에서 떨어진 것'이라고 생각했어요. 그런데 나중에 원문을 보니 '한 줄에서 세 번 떨어진 것'이라는 뜻이었어요. 그러니 적확하게 하려면 '줄에서 세 번 떨어진 광대', 이렇게 번역했어야 하는 것이죠. 부사를 어디에 어떻게 붙이느냐에 따라 글의 인상과 내용이 달라진다는 점을 강조하고 싶습니다.

그리고 저는 어떤 형태의 글을 쓰는 사람이든 우리말을 풍요롭고 정확하게 표현하기 위해 노력해야 하고 아랫세대에도 제대로 전달해야 하는 책임이 있다고 생각합니다. 40년 가까이 이 일을 하다 보니 제가 맞춤법, 띄어쓰기를 잘 아는 줄 알았어요. 근데 지난번에 책을 하나 내면서 보니까 교열하는 사람이 많이 고쳤더라고요. 예를 들어 '임마'가 아니라 '인마'라는 거예요. '이놈아'의 준말이죠. '끄적거리다'도 틀린 말이고 '끼적거리다'가 맞는 말이었어요. 감탄사 '애게게'가 아니라 '애개개', 이거가 맞고 '허접쓰레기'가 아니라 '허섭스레기'가 맞는 거죠. 이상하긴 하지만, 그래도 약속이니 늘 정확한 맞춤법을 알려고 하고 맞게 쓰려고 해야 하는 것입니다.

제가 또 후배들에게 자꾸 지적하는 부분이 있는데 말이 이상하게 자꾸 변해가기 때문입니다. 백화점 같은 데 가면 사람이 아니라 사물에도 경어를 쓰는 경우가 많습니다. "그 상품은 품절되셨어요." 이런 말이나 글 쓰면서 영어를 직역해놓은 것 같은 문장은 걸러내는 것이 좋습니다. '많은 이용 있으시기 바랍니다.' 같은 것이 좋은 예입니다. '많이 이용해주시기 바랍니다.', 이러면 되잖아요. '회의를 갖고', '만남을 갖고' 이런 말이 그렇습니다. '그는 집안이 가난해서' 이러면 될 것을 '그는 집안이 가난한 탓에' 이렇게합니다. 왜 우리말을 이상하게 만드는지 모르겠습니다.

저는 그런 걸 보거나 들을 때마다 꼭 지적을 하는 편이죠. 병원

가면 또 '자, 이리 오실게요.', '여기 와서 누우실게요.' 이럽니다. '이리 오세요.'라고 하면 될 텐데. 음식점 가면 주문 받을 때 '갈비탕으로 준비해드리겠습니다.' 이러는 것까지는 이해가 되는데 음식을 가져와서도 또 '갈비탕으로 준비해드리겠습니다.', 이럽니다. 벌써 가져왔는데도 말이죠. 몰라서 그러는 겁니다. 그러니까 대학이면 총장님, 병원이면 원장님, 이런 분들이 잘 교육을 시켜야 합니다. 말이 이렇게 잘못 쓰이는 것을 막아야 한다고 생각합니다.

기자들이 잘못 알고 쓰는 말도 있습니다. 예를 들어 '유명세를 탄다'라는 말을 지적해보겠습니다. 유명세라는 것은 유명해져서 겪게 되는 불편, 피해를 말하는 겁니다. 부정적인 내용에만 써야 하는 것이죠. 그런데 유명해졌다는 뜻으로 유명세라는 말을 흔히 쓰고 있습니다. '가능한 한'이라고 해야 하는데도 '가능한', 이렇게 하고 마는 경우가 많습니다.

또 '장학금 전달식'이라는 말이 있습니다. 전달이라는 것은 누구에게서 뭘 받아 그야말로 전해주는 것입니다. 예를 들어 정부가 훈장을 전달한다고 하는데 대통령이 일일이 사람들을 만나서 줄 수 없으니 해당 기관장에게 주어서 그가 최종으로 받는 사람에게 주는 것이라면 훈장 전달식이 맞겠죠. 그런데 자기가 장학금을 내서 학생들을 불러 직접 주는 행사인데도 전달식이라고 합니다. 이건 아니죠. 수여식이나 증정식이라고 해야 맞습니다. 작년에 어떤 대기업의 회장인 분이 큰 상을 받았어요. 그때 수상 소감을 말하면서 '고마운 마음을 전합니다.' 그래요. 자기가 고마운데 그걸 어디에 전한다는 겁니까. 그냥 '고마운 마음을 표합니다.' 이러면 되지요.

저는 안 쓰는 말이 있습니다. 우리말은 복수가 어색해요. '이들 나라들' 이런 말도 어색하죠. 제작진들, 필진들, 운영진들, 의료진들…… 이런 건 다 제작진, 필진, 운영진, 의료진으로 충분합니다. 군중들이라는 말도 역전 앞과 마찬가지로 중복입니다. 우리 가족이라고 하면 될 텐데 우리 가족들이라고 말하는 사람도 있습니다.

이와 비슷한 중복의 예를 들어볼까요? '각 구청마다'라는 말은 '각'과 '마다'가 의미상 중복입니다. '각 구청별로' 이 말도 '각'과 '별'이 중복입니다. '각 구청이' 또는 '구청마다(구청별로)' 이렇게 써야 맞습니다. 엄밀히 따지면 '1kg당', 이런 말도 중복입니다. 'kg당' 또는 '1kg에'라고 쓰는 게 적확합니다.

또 얼버무리는 표현으로서 '이와 관련', 이런 말도 쓰지 않는 게 좋습니다. 이 말은 5공화국 시대, 독재정치 시절에 신문이 정확한 사실 보도를 못할 적에 얼버무리는 보도를 하면서 어느덧 정착된 표현입니다. 분명하지 않은 것은 쓰지 말아야 합니다. '여류', 이런 말도 저는 쓰지 않습니다. 이건 개화기에 여성의 사회적 활동이 약하고 드물기 때문에 특히 여성이라는 점을 강조해서 썼던 것인데 지금은 그럴 필요가 없는 시대죠.

　제 이야기는 여기까지입니다. 글쓰기에 조금이라도 도움이 되기를 바랍니다.

Q 제목을 달 때 노하우가 있다면 알려주세요.

A 어떤 글의 핵심이 되는 키워드 몇 가지는 나와야 되죠. 제목을 보고 '아, 무얼 얘기하는 거구나' 하고 알 수 있게 해야 합니다. 잘못된 예를 하나 들어볼게요. 80년대에 실내야구가 유행했습니다. 그때 '골치 아플 땐 이게 최고'라는 제목으로 실내야구를 보도한 기사가 있었어요. 잘못된 겁니다. 그게 무엇을 말하는지 제목을 봐서는 모르잖아요. 야구를 알 수 있게 하는 어떤 단어가 나왔어야 합니다.

예전에 회사에서 기사 스크랩을 할 때 기사를 보고 핵심 단어를 동그라미 쳐서 관련 분야별로 분류했어요. 그런데 제 선배 중 한 분이 경제 문제 사설에 '적절한 후속 대책 뒤따라야' 이런 제목을 달았어요. 무엇에 관한 대책을 말하는 글인지 이 제목만으로는 알 수 없습니다. 더구나 후속과 뒤따른다는 말도 중복입니다. 제목은 짧으면서도 그 안에 글의 핵심이 담겨야 합니다.

Q 30년 훨씬 넘게 기자생활을 하시면서 가장 기억에 남는 기사는 무엇인가요?

A 심장재단 얘기를 할 수 있겠는데요. 1981년 5월에 경남 낙도의 어린이가 심장병으로 죽어간다는 얘기를 기사로 썼어요. 그러고 나서 그 어린이가 7월에 한양대 병원에서 성공적으로 수술을 받았습니다. 그때는 우리나라 선천성 심장병 환자가 매년 4천~5천 명은 태어났는데 수술비가 많이 들고 의료 기술도 낮아 많이 죽었거든요. 그때 캠페인으로 심장병 시리즈를 진행했죠.

이어 심장병 재단 만들기를 했는데 전두환 전 대통령 부인인 이순자 여사가 나서서 1984년에 '새세대 심장재단'을 만들었어요. 그때 '심장병 어린이를 구하자'라는 캠페인과 후속 보도 덕분에 저는 한국기자협회가 주는 '한국기자상'을 받고 부상으로 외국도 다녀올 수 있었습니다. 당시와 비교하면 우리는 지금 다른 나라 아이들을 데려다 고쳐줄 정도로 심장수술 선진국이 됐습니다. 그때 내가 보도를 통해 살렸던 양형도

군과는 지금도 연락을 하고 있어요. 나이가 벌써 마흔 가까이 됐죠. 보도를 통해 나름대로 심장재단 설립에 기여했다, 이것이 가장 보람 있는 일이었습니다.

Q 많이 읽어야 글을 잘 쓸 수 있다고 하는데 어떻게 해야 글쓰기를 잘할 수 있는지요?

A 글쓰기에는 기본적으로 세 가지 원칙이 있지 않습니까. 다독多讀 다작多作 다상량多商量, 많이 읽고 많이 써보고 많이 생각하라, 이게 정답이 아닐까요. 사실 저는 엄청 많이 읽지는 못했어요. 더 중요한 것은 창의적 발상이 아니겠는가 싶은데 읽으면서 좋은 표현이 있으면 메모를 해놓는 편입니다. 나중에 실제로 이용하구요.

Q 그동안 언론사 지원자들의 수천, 수만 건의 글을 보셨을 텐데 잘 썼다고 생각되는 글은 어떤 것인가요?

A 현안으로서 시사적인 사안들, 그래서 답을 예측할 수 있는 게 문제로 나오는데 그런 까닭인지 서로 너무 똑같은 글이 많아요. 일반인이 생각하는 것과 반대 방향이더라도 자기 생각이 담기고 표현이 신선한 것이 좋습니다.

이어령 선생님이 몇 년 전에 시집을 냈습니다. 서정주의 시에는 해녀가 전복을 딸 때 가장 좋은 것은 귀한 사람이 오면 대접하려고 그때까지 안 따고 둔다는 내용이 있어요. 이어령 선생님은 당신이 시를 쓰는 것이야말로 그 전복과 같은 것이라고 했습니다. 그만큼 소중하고 의미 있는 일이라는 뜻입니다. 그분이 시집을 냈을 때 온갖 매체에서 인터뷰를 했습니다. 기자들의 질문은 대개 뻔한 거예요. 나중에 저를 만났을 때 제 후배를 칭찬했는데 그 기자가 와서 다른 기자와는 전혀 다른 질문을 했다고 합니다. 그래서 좋았대요. 자신도 생각하지 못한 것을 정리할 수 있게 해주었다는 거죠. 파격적이라도 자기 생각을 담은 것이 좋은 문장이고 글이고 점수를 많이 줘야 한다는 생각이 들어요.

입사 시험 채점할 때 안타까운 점이 많습니다. 전반적으로 어휘력이 많이 부족하고, 어쩌면 글씨를 이렇게 못 쓸까 싶은 답안이 많습니다. 당연히 글씨도 잘 써야 합니다.

'왜'를
중심으로 한
통찰력 있는
글쓰기

김순덕(동아일보 논설위원)

의미를 찾아 쓰는 것은 '왜'라는 이유를 찾는 데서 나옵니다.

'왜'라고 묻기 전에는 절반만을 쓴 것이고,

'왜 그런 일이 벌어졌느냐'까지 물으면 더 깊은 기사가 됩니다.

내가 지키는 글쓰기 원칙에 대해 말하기에 앞서, 가장 기본적인 원칙부터 얘기하고 싶습니다. 저는 논설위원이니까 사설이나 칼럼을 쓰는데, 모든 글을 쓸 때 가장 기본이 되는 것은 'fact'를 쓴다는 것입니다. 논평도 사실을 바탕으로 하는 논평이어야 하지요. 저는 사실이 아닌 것을 쓰는 건 언론이 아니라고 생각해요.

예를 들어 2009년 미네르바 사건이 났을 때, 저는 정부가 왜 촌스럽게 미네르바를 구속하고 난리를 치는지 의문이 들었습니다. 인터넷에는 자기가 쓰고 싶은 것을 얼마든지 쓸 수 있다고 생각하거든요. 그거야말로 표현의 자유니까요. 만약 언론이 미네르바 사건을 다룬다면 도대체 그런 글을 쓴 사람이 누구인지, 그의 주장이 맞는지 틀리는지와 같은 사실을 다뤄야지, 글 쓴 사람이 초등학교를 나왔다 안 나왔다 같은 비본질적인 것을 가지고 논란을 벌이는 일은 바람직하지 않다고 생각했습니다. 물론 글쓴이의 배경을 알고 읽는 것이 그 글을 판단하는 데 도움이 될 수는 있겠죠.

당시 동아일보가 발행하는 월간지 〈신동아〉에서는 미네르바가 누구냐에 대한 기사가 나갔어요. 그런데 〈신동아〉에서 지목한 사람이 검찰에 구속된 그 미네르바가 아닌 것으로 밝혀졌습니다. 〈신동아〉에서는 "아니다, 우리가 지목한 사람이 맞다."고 글을 한 번 더 썼습니다. 자칭 미네르바라는 사람을 인터뷰한 기자나, 미네르바라고 주장하는 사람을 우리에게 연결시켜준 사람이나 서로 믿었던 거죠. 하지만 결과는 아닌 것으로 드러났습니다. 명백한 오보였지요.

〈동아일보〉는 즉시 회사 차원에서 진상조사위원회를 결성했습니다. 〈신동아〉를 맡고 있던 부장을 비롯해 사건 관련자들을 모아 우리가 오보한 일에 대해 철저하게 조사를 하고, 담당 부장과 국장 이사가 사태에 책임을 지고 회사를 떠났습니다. 사과문도 냈어요. 굉장히 수치스러운 일이지만 잘못된 것은 잘못된 것이고, 언론으로서 그런 수습책은 옳았다고 생각합니다. 그만큼 사실을 중요시해야 한다는 것이지요.

이제 몇 가지 구체적인 예시를 들어 제가 생각하는 세 가지 정도의 글쓰기 원칙에 대해 말씀드릴게요. 제가 첫 번째로 꼽는 원칙은 '핫 이슈'를 쓴다는 것입니다. 여러분도 수업 시간이나 동아리 활동을 하면서 신문기사를 써보셨겠지만 가장 어려운 것은 '뭘 쓸까'를 정하는 거예요. '시작이 반'이라는 말처럼 무엇을 쓸지 결정하면 절반은 된 겁니다. 쓸 게 너무나 많다는 사람도 있지만 막상 내가 쓰려고 보면 남들이 이미 다 했던 얘기 같아 더 고민이 되죠. 그럼에도 신문은 현재 이슈가 되는 것을 다뤄야 하니 더욱 고민이 깊을 수밖에 없습니다.

여기서 잠깐 제 경험을 말하면, 저는 정치, 경제, 사회부서에서는 일해본 적이 없습니다. 제가 논설위원실에서 10년이 넘었는데 여자로서는 처음이었지요. 그래서 논설위원실의 남자 선배들은 제가 여성, 문화, 생활에 관한 것을 쓰거나 좀 더 부드러운 글을 쓰겠거니 생각하셨나 봐요. 그런데 저는 그 주에 일어난 일 중 가장 중요하면서도 뜨겁고 관심이 집중되는 주제에 정면으로 부딪히고 싶었어요. 지금도 가장 뜨겁고, 이슈가 되는 주제의 중심에 선 사람과 맞붙고 싶습니다. 이왕 쓰려면 썼는지 안 썼는지 모르게 넘어가는 글이나 남들이 다하는 얘기보다는 가장 중요한 것에 정면으로 맞서고 싶다는 생각으로 그런 소재와 주제를 고르기 위해 훨씬 더 많이 고민해서 글을 쓰고 있습니다.

예를 들어볼까요? 민간인 사찰에 관한 '의리 없으면 인간도 아니다'라는 칼럼이 그렇습니다. 과거 김영삼 전 대통령 재직 당시 "내 아들에게 문제가 있다면 조사를 해서 책임지게 하겠다."라고 한 적이 있었던지라, 저는 이명박 대통령도 그렇게 처리하기를 바랐습니다. 그래서 그렇게 쓴 거죠. 2009년 성년의 날에는 '형님보이 MB는 언제 어른 되나'라는 제목으로 글을 쓴 적이 있습니다. '마마보이'라는 말 많이 쓰잖아요. 그래서 '형님보이'라는 말을 만들어낸 겁니다. 대통령 형님이 이명박 대통령을 일컬어 '맹박이, 맹박이' 한다고 들었어요. 아무리 형이라도 대통령에게 어떻게 그럴 수가 있나 생각했죠. 당시 이상득 의원이 정부 일에 상당히 개입한다는 얘기가 많았던 때였어요. 그래서 이게 재밌지 않을까 싶어 썼는데, 쓰고 보니 사람들이 저보고 용감하다고 하더군요. 그러고 보니 그때까지 이상득 의원에 대해 직접적으로 공격한 기명 칼럼이 거의 없었어요. 회사에 계신 분 중 한 분은 "내가 아는 사람이 이상득 의원 사위인데 아침에 그 칼럼을 보고 장인이 졸도할 뻔했다고 하더라."고 전해줬습니다. 굉장한 실세라는 걸 모르기도 했지만 그보다 아무리 대통령 형이라도 그렇게까지 국정에 관여해서는 안 된다는 소신을 갖고 쓴 글이었지요.

'세금 내기 싫은 약탈정부'라는 칼럼은 노무현 대통령 때 쓴 것입니다. 그때 코드 인사 문제를 비롯해 여러 가지로 말이 많았어요. 근데 마침 이날 〈조선일보〉에서 노무현 정부를 '계륵'이라고 쓴 칼럼이 나왔어요. 청와대에서는 기분 나빴겠지요. 한 신문에서

내가 지키는 글쓰기 원칙

는 계륵이라고 하고 다른 하나에서는 약탈정부라고 했으니까요. 그래서 두 신문의 출입 기자를 한 달간 출입을 금지시켰어요. 저는 저 자신보다도 혹시 청와대에서 우리 회사를 해코지하면 어쩌나 걱정을 했는데, 회사 내 모 간부가 "아, 잘했다. 괜찮다." 했습니다. 이처럼 저는 제가 쓰는 것에 대해 누군가가 방해하거나 또는 언짢아할 수 있더라도, '나 스스로가 가장 뜨겁다고 생각한 것을 쓴다'는 원칙을 지키고자 노력하고 있습니다.

두 번째 원칙은 자기가 쓸 것을 정했으면 그 주제에 대해 정보를 찾아보고 공부해야 한다는 것입니다. 9·11 테러가 일어났을 때 저는 미국 뉴욕주립대학에서 연수를 하고 있었어요. 1년간 연수를 하면서 한번은 신문을 엄청 좋아하는 사람들과 얘기를 하는 자리가 있었습니다. 그때 한 사람이 "어떤 칼럼을 보면 화가 난다. 다 아는 얘기를, 보통 사람들이 술 먹으면서 하는 얘기를 뻔뻔하게 신문 지면에 쓸 수 있는가? 읽고 나면 시간이 아깝다."라고 얘기하더군요. "통찰insight이 없으면 정보information라도 있어야지!"라는 그 말이 지금도 잊히지가 않습니다.

칼럼은 통찰력, 즉 어떤 시각을 제시해주는 것이 가장 좋습니다. 그래서 읽고 난 다음에 '아, 이런 시각도 있구나.' 하고 깨닫게 해주는 것이 중요합니다. 아니면 최소한 작은 정보라도, 몰랐던

걸 알려주는 게 있어야 한다고 생각합니다. 안 그러면 시간 내서 칼럼을 읽은 독자들에게 미안한 일이 아닐까요? 그러기 위해서 기자들은 끊임없이 지식을 머릿속에 집어넣어야 해요. 요즘 어디서나 쉽게 창의력, 창의력 하는데 그 창의력이란 것이 어디서 갑자기 뚝 떨어지는 것이 아닙니다. 그 전에 머릿속에 집어넣은 게 있어야 나오는 거예요. 어떤 정부에서는 창의력 교육을 시켜야 한다면서 암기나 주입식 교육을 무조건 나쁜 것처럼 매도했는데, 저는 자기 아이들에게도 기초 교육 없이 창의력 교육만 중요하다고 말할 수 있을까 생각했어요. 창의력도 외워둔 게 있어야, 읽어둔 게 있어야 나오는 거니까요.

2012년에 저는 '충칭 모델'에 관련해서 글을 쓴 적이 있어요. 그전에 충칭 모델이나 보시라이에 대해 몇 번 글이 나온 적이 있기는 하죠. 우리 지면상('횡설수설' 코너) 칼럼을 네 토막으로 갈라 써야 하는지라, 첫 토막에는 '보시라이가 상무위원이 될 것 같은데 왕리쥔 사건(2012년 2월 왕리쥔 충칭 시 공안국장이 청두 주재 미국 영사관에 들어가 망명을 요청한 사건)과 관련해서 어려움이 있다'라는 것을 썼어요. 그다음에 '(보시라이가 주창한) 충칭 모델은 지방의 국영기업을 잘 운영해 그 수입을 가난한 사람에게 베풀어 연평균 15% 성장을 한 것으로 유명하다'는 내용을 썼

내가 지키는 글쓰기 원칙

습니다. '이것은 모택동 시대의 정신을 되살리는 것이다. (우리나라의) 일부 좌파는 "워싱턴 컨센서스를 대신할 수 있는 베이징 컨센서스라고 주장하면서 그보다 더 좋은 것이 충칭 모델이라고 했다."는 내용을 두 번째 단락에 쓴 거죠. 거기까지는 대부분 다 아는 얘기입니다. 그런데 얼마 전 영국의 〈파이낸셜 타임즈〉에 보도된 내용이 생각났습니다. 그 충칭에서 부동산 사업을 하던 사람이 어느 날 공안에 붙잡혀가서 '범죄 조직과 연관돼 있다'는 누명을 쓴 채 엄청난 폭력을 당하고 재산도 모두 뺏긴 뒤 쫓겨났다는 기사였습니다. 이건 다시 생각하면 보시라이가 부패를 척결한다며 그런 식으로 민간업자들을 추궁해서 재산을 뺏고 자기 것으로 만들 수 있다는 얘기가 되잖아요. 그렇게 빼앗은 재산으로 국영기업에 돈을 지원하면 국영기업이 잘될 수밖에 없죠. 그리고 거기서 나온 이익금을 다른 가난한 사람에게 나눠주고 하는 식으로 무마해버리는 건 그야말로 땅 짚고 헤엄치기란 생각이 들었습니다. 저는 바로 이 점이 충칭 모델 성공의 비밀일 수 있다는 점을 지적한 것입니다. 마지막 단락에는 '중국에서 유행하는 말이 있는데 나는 자전거 위에서 웃기보다 세단 뒤에서 울고 싶다'라는 얘기를 넣었습니다. 젊고 예쁜 여자들이 평범하게 살기보다는 부패로 벌었든 어떻든 간에 부유한 사람의 첩이라도 돼서 세단 타고 편히 살기를 바란다는 말이지요. 그때 이런 얘기가 가능했던 것은 제가 이전에 다양한 기사들을 읽어뒀기 때문입니다. 그날 아침 7시에 한 독자에게서 잘 봤다고 연락이 왔어요. 제가 남들은 모르는 시각을 보여줬기 때문이라고 생각했습니다. 여러분도 한번 읽어보시길 바랍니다.

• • •

사람 팔자 시간문제다. 한 달 전만 해도 보시라이 중국 충칭 시 서기는 태자당의 대표주자로 차기 정치국 상무위원 자리를 예약한 듯했다. 그러나 2월 6일 왕리쥔 충칭 시 부시장이 보시라이를 비난하며 미국 망명을 기도하다 체포되면서 보시라이의 운명도 예측불가. 5일 전국인민대표대회에 참석해 충칭의 경제개혁을 골자로 한 '충칭모델'을 설명했지만 예전처럼 당당한 태도는 보이지 않았다.

충칭모델이란 보시라이가 자랑하는 '강한 (지방)정부와 강한 (국영)기업' 정책이다. 잘 키운 국영기업에서 나오는 수익으로 서민층에 주택과 의료, 일자리를 아낌없이 제공했더니 충칭 시 국내총생산GDP이 연평균 15%, 중국 전체를 뛰어넘는 마법 같은 성과를 냈다는 것이다. 보시라이는 예서 그치지 않고 성역 없는 사정으로 부패 관료와 기업주를 처단했다. '마오쩌둥의 깃발'을 쳐들고 충칭 시민을 대상으로 수구좌파적 정신무장에 힘썼다. 국내 일각에선 이 모델이 워싱턴 컨센서스를 뒤집는 새로운 컨센서스라며, 한미 자유무역협정FTA으로 고통받을(?) 국내 경제의 대안처럼 소개되기도 했다.

보시라이가 통 큰 분배와 성장정책을 함께 펼칠 수 있었던 '비결'이 최근 영국의 파이낸셜타임스에 소개됐다. 부동산 개발 사업으로 충칭의 30대 부자가 됐으나 조폭 관련 혐의로 전 재산을 빼앗기고 추방된 리준이라는 사람의 사연이다. 그는 2009년 군용지에 럭셔리 아파트를 짓는 샹그릴라 프로젝트를 추진하다 느닷없이 잡혀가 모진 고문을 당하고는 허위 범죄 사실을 고백했다며 "충칭모델이란 법과 인권을 무시하고 마음에 들지 않는 사람들을 붙잡아 보시라이의 권력욕을 채우는 것"이라고 폭로했다.

영국 옥스퍼드대 출신인 보시라이의 아들 보과과는 중국 인민 평균 소득의 수백 배가 넘는 새빨간 페라리를 모는 것으로 유명하다. 부패 척결에 앞장선 아버지와 달리 호화판 생활을 하는 '붉은 귀족'이다. 이런 이중성을 빤히 아는 여성들은 "자전거 위에서 웃느니 세단 뒤에서 우는 게 낫다"고 말한다. 평생 가난한 인민으로 사는 것보다는 '귀족의 숨은 여자'가 되는 게 낫다는 의미다. 정부가 너무 강하면 인권과 법치, 시장은 약해질 수밖에 없다. 그래서 세계은행은 최근 정부의 시장 개입을 줄여야만 경제위기를 면할 수 있다는 '중국 2030' 보고서를 내놨다.

_ 동아일보, 2012년 3월 8일

• • •

　마지막으로 의미 있는 것은 재밌게, 재밌는 것은 의미를 담아 쓴다는 원칙을 지켜나가고 있습니다. 입사 때부터 〈동아일보〉가 너무 딱딱하고 재미없다는 말을 많이 들어서 저는 재밌게 써보자고 생각했어요. 제 글을 보시는 분들 중에는 이름을 가리고 봐도 제가 쓴 글인지 바로 알겠다는 분들이 있습니다. 주로 일상어를 쓰고 남들이 신문에서 잘 안 쓰는 말을 사용해서 그렇다고 하시죠. 저는 남들이 쓰는 딱딱한 말보다는 일상어를 쓰고, 중간에 일부러 반전을 넣어 사람들의 기대를 뒤집기도 합니다. 어떤 독자는 제가 노무현 정부 때 쓴 '각자도생의 시대정신'이라는 칼럼에서 '대한민국 건국 이전 그 암울했던 시절, 기차소리 요란해도 아기들은 잘도 잤고 옥수수는 잘도 컸다. 그 아기들과 옥수수가 오늘의 우리나라를 선진국 문턱까지 키웠다'라는 표현을 지금도 잊지 못하는 대목으로 꼽아주셨어요. 동요까지 인용해서 쓴 것이 재미있었다는 얘기겠지요.

예전 글을 다시 보면 참 무턱대고 썼다는 생각이 들 때가 있습니다. '大選까지 1년 반이나 남았다'라는 칼럼에서는 당시 대통령에게 대놓고 '아는 게 그것밖에 없다'고 쓰기도 했습니다. 무모해 보이지만 실은 의미심장한 얘기를 재미있게 표현하기 위해 그랬던 것이지요.

. . .

레임덕(권력누수)도 아닌 '죽은 덕dead duck' 대통령이 될 거라고 했다. 이란-콘트라 스캔들이 터졌을 때의 로널드 레이건 미국 대통령 얘기다. 그런데 위기를 멋지게 극복하고 정권을 재창출한 뒤 68%의 박수를 받으며 퇴임했다. 비결은 대국민 사과와 물갈이 인사, 국정 운영 방식 쇄신이었다. 1987년 6월 12일 베를린 장벽 앞에서 그는 "고르바초프 씨, 이 벽을 허무시오!" 하고 외쳐 이념전쟁까지 종식시켰다.

노무현 대통령은 지방선거 참패 뒤 "추진해 온 정책 과제들을 이행할 것"이라고 했다. 레이건이 끝장낸 좌파 이념을 되살린 대통령답게 레이건의 위기 극복법과 반대로 간다고 밝힌 셈이다. 그럴 수밖에 없다. 첫째는 아는 게 그것밖에 없어서이고, 둘째는 회군回軍하다 남은 지지층마저 놓칠까 싶어서다.

'아는 만큼만 보인다'는 건 신경과학적으로 이미 증명됐다. 노 대통령은 사회에 대한 증오와 분노로 정치를 시작해 자칭 민주화세력과 운동권 386으로부터 좌파 논리를 편식했다. 2000년 전후 몰아닥친 세상의 변동이 보일 리 없다.

세계는 지금 세계화 적자嫡子와 이에 거스르는 좌파 포퓰리즘 국가주의자들이 맹렬히 패권 다툼 중이다. 개인의 자유와 책임, 시장경제를 중시하는 앵글로스피어(영어권 국가)가 세계화 그룹에 속한다. '21세기 사회주의'와 내셔널리즘을 내건 남미 국가와 과도한 복지제도를 고집하는 '늙은 유럽'은 반反세계화 세력이다.

세계의 주류 경제학자와 잘사는 나라들이 세계화 쪽에 선 이유는 지금 상황에선 이쪽이 맞기 때문이다. 베네수엘라가 잘나가는 듯한 건 유가 폭등 덕이고, 프랑스가 안 무너지는 건 프랑스 기업이 세계무대에서 돈을 잘 벌기 때문임을 우리의 좌파 집권 세력은 모르는 모양이다. 부자에게 세금 뜯어 나눠 주는 정책을 가열차게 수행하겠다는 발언이 그 증거다. 암만 노 정권이 한미 자유무역협정FTA을 추진한대도 개인의 자유보다 사회적 책임을, 시장경제보다 정부 주도 경제를, 한미 동맹보다 민족 공조를 중시하는 한 세계화 역행 정권일 수밖에 없다.

게다가 진작 좌파 정체성을 고백한 노 정권은 민주나 개혁의 간판으론 '선수끼리 국민 속이는 선거'를 더는 할 수 없다는 걸 안다. 이젠 민족과 통일을 내걸고 창당 초심으로 헤쳐모일 가능성이 크다. 남북 정상회담과 반FTA 바람을 타면 지지층 재결집과 재집권도 가능하다고 믿을 수 있다. 노 대통령도 열린우리당에 "멀리 보고 준비하라"고 하지 않았는가.

문제는 앞으로 대통령선거까지 남은 1년 반이다. 그 기간이면 모르던 남녀가 만나고 결혼해서 아이도 낳을 수 있다. 노 정권이 겉으론 무심한 척 정책 과제만 수행한대도 그 좌파적 정책들이 헌법처럼 자리 잡기에 충분한 시간이다.

김병준 전 대통령정책실장 같은 코드 브레인이 교육부총리가 된다면 볼리비아의 가스 국유화 뺨치는 '교육 국유화', 즉 대학평준화도 가능하다. 과거사 청산을 통해 친북행위가 민주화로 둔갑할 수도 있다. 교육계와 방송계에 이어 사법 국방 분야의 코드 통일도 강 건너 불이 아닐지 모른다. 그 사이 가렴주구苛斂誅求 조세 개혁과 반反기업 반외자 정책으로 국내외 기업과 중산층까지 이 나라를 탈출할 가능성도 없지 않다.

공공의 도덕은 '착하게 살자'는 개인의 도덕과 달라야 한다. 중국을 포함해 잘나가는 나라의 리더는 모두 최소의 비용으로 최대의 효과를 얻는 실용주의를 택하고 있다. 안타깝게도 유토피아적 이상과 좌파 이념은 실용주의와 상극이다. '착하게 살라'는 정부는 사이비 종교집단과 다름없다.

그래도 노 정권이 반세계화의 길로 달린다면 개인이라도 살아남을 궁리를 해야 한다. 노 대통령의 아들도 미국으로 경영학석사MBA 따러 간다 하지 않는가. 남은 1년 반, 우리끼리라도 실용적 세계화로 살아남아야 한다. 일제 36년도 견딘 우리다.

_ 동아일보, 2006년 6월 3일

● ● ●

의미를 찾아 쓰는 것은 '왜'라는 이유를 찾는 데서 나옵니다. 눈에 보이는 사실을 쓰는 것은 당연히 해야 되는 일이지요. 그럼 왜 그런 일이 벌어졌는가 하는 것을 당사자와 전문가, 옆에 있는 사람들한테 물어보면 내가 모르는 또 새로운 얘기가 나오게 됩니다. '왜'라고 묻기 전에는 절반만을 쓴 것이고, '왜 그런 일이 벌어졌느냐'까지 물으면 더 깊은 기사가 됩니다. 예를 들어서 피라미드에 대해 쓴다고 할 때 그 역사를 쓰면 평범한 기사밖에 나올 수 없습니다. 대신 도대체 왜 그 사람들은 목숨 걸고 피라미드를 지었을까, 하면 또 다른, 더 깊은 얘기가 나올 수 있는 것이죠. 그래서 '왜'라는 것을 쓰기 위해 물으면 물을수록 더 깊게 보게 되고, 그 의미를 파헤치다 보면 새로운 통찰력을 주는 글을 쓸 수 있습니다. 여러분도 글을 쓸 때 이런 나름의 원칙을 세우고 접근하면 더 좋은 글을 쓸 수 있다고 생각합니다.

Q 하나의 사건에 대해 증거가 나오는 경로가 다양한데, 이중 어떤 것을, 왜 사실이라고 판단하시는지 궁금합니다.

A 일반적으로, 자기 생각에 맞는 팩트를 고르는 경우가 상당히 많아요. 설문조사나 연구결과도 그렇고 내가 쓰려는 것과 맞는 사실들을 골라 쓰게 되는 것이죠 confirmation bias. 그래서 권위 있는, 신뢰 있는 신문이라는 평판이 참 중요하다고 생각합니다. 신뢰를 한번 잃으면 회복하기가 어렵습니다. 〈뉴욕 타임스〉, 〈워싱턴 포스트〉의 정통성과 신뢰도는 사실을 찾기 위한 치열한 과정 때문이라고 생각합니다. 기자들이 목숨 걸고 팩트를 찾을 때 그 언론사의 명성은 거기서 비롯되지요. 어떤 사건에 대해 칼럼을 쓸 때 저는 저희 신문, 저희 기자들의 취재력을 믿고 저희 신문에 쓴 팩트를 인용합니다. 떠도는 소문이나 이른바 대안 언론에서 주장하는 것을 무조건 믿지는 않습니다. 우리 신문의 기자들이 어떻게 훈련을 받는지 알기 때문에, 그리고 같이 일하는 사람으로서 신뢰감이 있기 때문에 우리 신문의 기자들이 가지고 온 정보를 믿는 것입니다. 선

배들은 사실을 확인하는 취재 방법을 도제 시스템으로 철저히 훈련시킵니다. 데스크의 게이트키핑 과정까지 걸쳐서 몇 단계의 수정 과정, 확인 과정을 거쳐서 나오는 것이기 때문에 이를 가장 신뢰하고 있습니다.

Q 사회적으로 이슈를 불러일으키는 단어를 많이 사용하시는 걸로 압니다. 강한 논조 때문에 비판받는 경우도 종종 있으시고요. 그렇게 '강한' 단어를 쓰거나 논조가 강하면 비판하는 독자들도 생기기 마련인데, 글을 쓸 때 이런 점들을 고려하시는지 궁금합니다.

A 일부러 논란을 만들기 위해서 쓰는 것은 아닙니다. 그리고 아무도 안 보는 것보다는 누군가가 읽어준다는 것이 고맙죠. '천치 대학생'이라든가 '반값 등록금'과 관련한 논쟁에 하나하나 대응하다 보면 정말 밤을 새워도 모자라겠지만 굳이 그럴 필요는 없다고 생각해요. 어떤 말이든 전체적 맥락에서 보

지 않고 특정 부분만 따와서 보면 이상하게 여겨질 수 있다고 생각합니다. 천치 대학생을 쓴 칼럼('무너지는 그리스, 赤旗가 펄럭입니다'에서 '천치 대학생들은 지금의 반값 등록금이 미래 자신들의 연금인 줄 모르고 트윗질이나 하면서 청춘을 낭비하고 있다'는 부분)을 보면 바로 그 윗줄에 그리스에서 'idiot'이라는 말은 평범한 사람을 뜻한다, 라는 문장이 있습니다('방만한 공공분야와 노조이기주의가 자신들의 일자리를 앗아간 데는 눈감고, 무조건 '반기업'을 외치는 천치-idiot의 어원도 '전문기술이 없는 사람'이라는 그리스어에서 나왔다-들은 우리나라에도 많다'는 부분). 저는 '천치라는 그 말에는 중의적 뜻이 있다. 나는 평범한 사람, 전문기술이 없는 사람이라는 뜻으로 썼지만 다르게도 해석될 수 있다. 읽는 이가 나름대로 판단해야 한다.'는 의미로 쓴 것이죠. 만약 그 글을 읽고 기분이 나빠도 저는 어쩔 수 없다고 생각해요. 표현의 자유가 있는 것이니까요. 내가 아무 생각 없이 한 말이 다른 사람의 마음을 아프게 할 수 있다는 것을 알고 조심해야 한다고는 생각합니다. 하지만 그렇다고 해서, 다른 이의 기분을 상하지 않게 하기 위해서 내가 쓰고 싶은 글을 못 써서는 안 된다고 생각합니다.

『저널리즘의 기본원칙The elements of Journalism』란 책에서 '저널리즘은 편안한 사람을 불편하게 하고 불편한 사람을 편안하게 한다'comfort the afflicted and afflict the comfortable는 말을 본 적이 있습니다. 한 독자가 저에게 "당신 글을 읽으면 마음이 불편해진다."고 한 적이 있어요. 저는 그 뒤 칼럼에서 "마음이 편해지는 글을 보고 싶으면 신문이 아니라 불경이나 성경을 보세요."라고 썼습니다. 마음을 불편하게 만드는 것, 그것이야말로 저널리즘의 기능이라고 생각하니까요.

03

무엇을
쓸
것인가

오병상(JTBC 보도국장)

기사를 쓴다고 했을 때는 크게 두 가지를 염두에 둬야 합니다.

'어떻게 쓸 것인지'와 '무엇을 쓸 것인지'입니다.

다시 말해서 기자의 일이라는 것은 이 두 가지를 고민하는 것입니다.

어떻게 쓸 것인가, 무엇을 쓸 것인가 How to Write? What to Write?

요즘 매체도 다양해지고 기자라고 하는 사람들도 많아졌습니다. 또 기자를 꿈꾸는 사람들이 방송, 신문, 인터넷 등 어디에서 일할 것인지 고민하기도 합니다. 하지만 제 생각은 어느 매체로 가도 사실은 똑같다는 것입니다. 뉴스가 무엇인지 알고 그것을 다루는 능력이 있다면 신문에서 방송, 방송에서 신문 어디에 가서든 자기 능력을 보일 수 있다는 것이죠. 중요한 것은 뉴스를 잘 하는 전문가가 되어야 한다는 것입니다. 그렇게 하려면 '어떻게 해야 하는가?'라는 것이 제가 얘기하고 싶은 것입니다.

주제가 '내가 지키는 글쓰기 원칙'인데, 이는 개인적으로 지키는 원칙인 동시에 대부분의 사람들이 동의할 만한 보편적인 내용입니다. 그것을 구체적으로 저는 어떻게 실천하고 생각하고 있는지 말씀드리겠습니다.

기자는 제너럴리스트, 스페셜리스트로 나눌 수 있죠. 저 같은 경우는 제너럴리스트라고 할 수 있습니다. 저는 처음에 사회부, 문화부, 정치부 등을 다 돌았고 그것을 총괄하는 〈중앙 선데이〉 국장으로도 있었습니다. 그리고 2008년 이후 두 차례 논설위원으로서 글을 썼지요. 그때 제가 쓴 칼럼, 사설을 중심으로 얘기하겠는데 사실 똑같아요. 기자로서 다루는 방식은 기사나 이런 글쓰기나 별 차이점이 없다고 생각해요.

기사를 쓴다고 했을 때는 크게 두 가지를 염두에 둬야 합니다. '어떻게 쓸 것인지'와 '무엇을 쓸 것인지'입니다. 다시 말해서 기자의 일이라는 것은 이 두 가지를 고민하는 것입니다.

커뮤니케이터로서의 저널리스트 Journalist as a communicator

먼저 어떻게 쓸 것이냐의 가장 큰 원칙은 '저널리스트는 커뮤니케이터'라는 것입니다. 〈뉴욕 타임스〉에 폴 크루그먼이라는 칼럼니스트가 있어요. 그 사람이 노벨 경제학상을 받았어요. 〈뉴욕 타임스〉가 미국의 좋은 신문이라고 한다면 영국에는 〈파이낸셜 타임즈〉라고 있어요. 이 〈파이낸셜 타임즈〉가 경쟁사인 〈뉴욕 타임스〉 칼럼니스트의 노벨상 수상 소식에 사설을 썼어요. 당시 경제학계에서는 폴 크루그먼에 대한 평가가 엇갈리고 오히려 비판하는 사람이 굉장히 많았습니다. 그럼에도 불구하고 〈파이낸셜 타임즈〉는

'폴 크루그먼은 훌륭한 커뮤니케이터이기 때문에 탈 만하다'고 했습니다. '다른 학자나 전문가들이 경제학을 잘 알고 있다. 하지만 그보다 자기가 아는 경제 지식이나 내용을 다른 사람에게 잘 전달하는 사람은 없다. 그런 의미에서 폴 크루그먼은 상을 받는 것이 당연하다'라는 것입니다. 이것을 보고 두 가지를 느꼈어요. 하나는 경쟁지 기자를 칭찬하는 관용, 둘째는 정확한 문제의식입니다. 많은 지식을 갖고 있는 사람은 많지만 그것을 쉽게, 잘 전달하는 사람이 중요하다는 생각에 많이 공감했습니다. 기자가 하는 일이 바로 그것이니까요.

이런 생각을 가지고 어떻게 쓰느냐를 봤을 때 글 쓰는 단계를 크게 네 가지로 나눌 수 있습니다. 첫 번째는 무엇을 쓸지 초점을 맞추는 것입니다. 하나의 주제를 잡아서 파고 들어가는 것이죠. 두 번째는 내가 쓰는 글의 구조를 잡아야 해요. 그다음에 글쓰기, 마지막으로는 다 쓰고 한 번 읽어보기입니다.

Focus 앞에서 말한 네 가지 중에서 가장 중요한 것은 '포커스'입니다. 저는 글 쓸 때 한 80퍼센트는 이 첫 번째 단계에 시간과 노력을 할애합니다. 그다음 구조에 10퍼센트, 글쓰기 10퍼센트, 다시 읽기가 나머지 더하기 1퍼센트입니다. 다 중요하지만 첫 번째 포커싱을 제대로 해놓으면 그다음이 쉬워집니다. 포커싱이 안 되면 구조가 만들어지지 않아요. 그럼 글쓰기도 안 되겠죠. 그런 식으로 모두 관계가 있는 것입니다. 포커싱은 포괄적으로 얘기해서 취재예요. 현장을 취재할 수도 있고, 전문가를 만나거나 자료를 찾을 수도 있겠죠. 이런 것은 사실 널려 있어요. 중요한 것은 널려 있는 것을 포착하는 일입니다. 그 많은 것 중 무엇을 잡아서 쓸지 찾는 것이죠.

Structure 뭘 쓸 건지 잡은 다음에 구조를 만들어야 합니다. 정보, 분석, 비판, 대안 이런 식의 구조를 짜는 것이지요. 이 네 가지가 다 있어야 기사를 쓸 수 있어요. 특히 신문, 칼럼 쪽은 뒷부분 비판이나 대안이 강조되는 것이죠. 어떤 사람들은 정보와 분석은 뉴스 기사고 뒷부분인 비판과 대안이 칼럼이나 사설이라고 하는데, 저는 기사건 사설이건 네 가지 모두가 다 들어가야 한다고 봅니다. 예를 들면 삼풍백화점이 무너진 사건을 봅시다. 무너졌다는 사실, 왜 무너졌는지에 대한 분석, 부정, 비리 · 부실공사 등의 비판이 들어가죠. 보통 여기까지 쓰는데 저는 여기다가 전문가 취재를 해서 이런 문제를 해결하기 위해 앞으로 어떻게 해야 하는지 써주는 게 좋다고 봅니다. 저는 취재한 노트를 쌓아놓고 초안을 만들어요. 초안을 만들 때 이 원칙에 맞게 만들죠. 이제는 25~6년 썼기 때문에 이 네 가지 중 하나가 빠질 경우에는 이상하다는 것을 바로 느껴요. 저처럼 이런 경험을 많이 가지지 않은 학생들은 항상 글의 구조를 염두에 두고서 써야 합니다. 초안을 A4지 한 장 정도 만들고 이 구조가 맞는지 확인하고, 맞다 싶으면 글쓰기에 들어갑니다.

Write 글을 쓸 때는 KISS(Keep It Simple and Short)라는 원칙을 많이 생각합니다. 이게 굉장히 쉬운 원칙인 것 같은데 잘 안 지켜져요. 내가 써놓고도 다시 읽을 때 간결하지 않은 글들이 많은데, 하물며 입사 시험을 보는 기자 지망생들이 쓴 글을 보면 정말 말이 안 되는 경우도 많지요. 나는 이 원칙이 가장 중요하다고 생각합니다. 써놓은 글을 다시 한 번 보세요. 이런 원칙을 가지고 다시 꼼꼼히 뜯어보면 문제가 많을 거예요. 가장 좋은 것은, 물리적으로 컴퓨터 화면에서 한 문장이 줄 바꾸는 정도까지 가면 어디서 자를까를 생각해봐야 합니다. 더 짧게 표현할 수 없을까 항상 생각해야 해요. 특히 요즘은 학생들이 영어를 많이 쓰다 보니까 영어식 표현이 많아요. 수동태 표현도 많습니다. 이런 것들을 흔히 쓰다 보니 본인도 잘 몰라요. 예를 들어 어미에 '~했던 것이다', '~했던 바이다' 이런 것들이 없는지도 잘 살펴야 해요. 기본적으로 문장이 복문으로 복잡해지거나 하면 안 됩니다. 한자를 너무 많이 쓰는 것도 주의해야 하죠. 그래서 쓰고 다시 읽어보는 게 중요합니다. 주어를 생략하는 것도 중요해요. 우리나라 말은 주어가 필요 없는 경우가 많습니다. 저는 개인적으로 쓸 때, 예를 들어 처음에는 이명박 대통령은, 쓰고 그다음에 이명박은, 그다음은 MB는, 이렇게 씁니다. 기자는 커뮤니케이터이기 때문에 독자가 더 편히 느끼는 방법을 찾는 거죠. 제가 이렇게 강조하는 이유는 머릿속으로는 알고 있다고 해도 쓰다 보면 잘 안 나오기 때문입니다. 예전 〈중앙일보〉 기자 중에 이연홍이라는 분이 있어요. 아주 짧은 글을 잘 쓰는 사람입니다. 하나하나를 다 끊어서 쓰기 때문에 늘어지지 않고 긴장감이 있죠. 혹시 언론사 시험 볼 사람들은 꼭 기억하세요.

두 번째는 내가 쓰는 콘텐츠가 뭐냐에 따라 문장 쓰는 방법은 아주 달라질 수 있다는 것입니다. KISS 원칙은 아주 기본적인 것이고 사실 글을 쓸 때 딱 정해진 것은 없어요. 제가 읽은 것 중에 굉장히 인상 깊었던 〈뉴욕 타임스〉 칼럼이 있습니다. 마틴 루터 킹이 죽은 기념일에 미국의 한 초등학교 교실 풍경을 썼습니다. '어느 학교 수업시간이다. 선생님이 물었다. 오늘 무슨 날인 줄 알아요?

킹 목사가 피살된 날이죠. 킹 목사가 왜 피살됐죠? 흑인인권을 주
장하다가 죽었죠. 그럼 여기서 여러분, 똑같은 직장일 경우 흑인과
백인이 받는 월급은 어떻게 다를까요? 흑인이 많이 받는다고 생각
하는 사람?' 이렇게 물었는데 대답이 없는 거예요. 필자가 얘기하
고자 하는 것은 꼬맹이들조차 아직까지 흑인에 대한 차별이 개선
되지 않았다는 것을 느낀다는 것이죠. 킹 목사가 했던 몇 가지 핵
심적 운동 내용들을 시대가 바뀐 초등학생들에게 물어보는 것입니
다. 꼬마들은 아무 생각 없이 대답하지만 그것이야말로 미국 사회
의 현실을 보여주는 한 장면인 셈이죠. 칼럼의 내용은 선생님의 질
문과 아이들의 대답, 이게 다예요.

이번에는 제가 쓴 칼럼 중 '워터게이트와 불법사찰'이라는 글을
가지고 살펴보겠습니다.

· · ·

한 달 전 총리실 장진수 주무관이 처음 "불법사찰의 배후가
청와대"라고 폭로했을 당시 미국의 워터게이트를 닮을까 우려
했다. 한 달을 지나면서 우려가 점점 현실화되는 느낌이다. 어
떤 점에서 워터게이트를 닮았는가, 그 함의는 뭘까.

첫째, 발단은 사소한 사건이었다. 1972년 6월 워터게이트라

는 빌딩에 도둑 5명이 들었다가 경찰에 붙잡혔다. 처음엔 주목받지 못 했다. 워싱턴 포스트의 취재 결과 수상한 구석이 드러났다. 도둑들이 모두 외과 수술용 장갑을 끼고 있었다. 도둑들이 가명으로 투숙한 호텔 객실에서 100달러짜리 돈뭉치가 쏟아졌다. 그럼에도 불구하고 〈워싱턴 포스트〉 외의 다른 언론들은 거의 관심을 기울이지 않았다. 불법사찰도 처음엔 총리실 공직윤리지원관실 직원에 의한 '어설픈 권력남용' 정도인 줄 알았다.

둘째, 내부고발로 사건의 양상이 달라진다. 흔히 '딥 스로트 Deep Throat'로 불리는 은밀한 취재원이 〈워싱턴 포스트〉 기자들에게 정보를 제공했다. 33년 만에 밝혀진 취재원은 당시 FBI의 2인자였다. 그의 도움 덕분에 〈워싱턴 포스트〉는 도둑들에게 흘러간 돈이 닉슨 대통령의 선거캠프 자금이었음을 특종 보도했다. 백악관이 배후로 밝혀진 것이다. 이후 결정판은 워터게이트 도둑의 양심선언이었다. 도둑 한 명이 마지막 재판을 앞두고 판사에게 "백악관이 은폐했다"는 편지를 보냈고, 판사가 법정에서 읽었다. 장진수 주무관은 청와대가 배후이며 은폐를 지시했다는 사실을 한꺼번에 폭로했다.

셋째, 사건 발생 직후 백악관의 수사방해다. 닉슨 대통령은 사건 발생 6일 후 비서실장과 은폐를 논의했다. CIA를 동원해 FBI의 수사를 중단시키자는 아이디어에 대해 "좋은 생각"이라며 "(FBI를) 거칠게 다뤄라"고 지시했다. FBI가 도둑들의 자금을 계속 추적하자 "국가기밀과 관련된 사안이니까 CIA가 맡겠다"는 논리를 내세워 수사권을 뺏는다. FBI의 2인자가 언론사에 제보를 한 것은 백악관의 외압에 대한 반발인 셈이다. 물론 딥 스로트는 이런 제보를 통해 FBI 국장이 경질될 경우 자신이 국장 자리에 오를 것이란 기대도 했다. 장진수에 따르면 청와대는 증거물 파괴를 지시했으며, 검찰의 수사를 방해했다.

넷째, 정체불명의 돈이 등장한다. 워터게이트 도둑은 비밀계좌를 통해 닉슨 선거캠프의 돈을 받았다. 도둑들이 체포되자 가장 먼저 보석금을 들고 달려간 사람은 백악관 직원이었다. 당시 달려갔던 백악관 직원은 나중에 백악관을 상대로 "비밀을 지켜줄 테니 거액을 보상하라"고 거꾸로 협박한다. 장진수의 경우도 각종 명목으로 1억1000만원을 받은 것으로 확인됐다. 돈을 준 사람은 여러 청와대 관계자들이며, 돈의 명분도 여러 가지다. 돈의 출처는 아직 확인되지 않았다.

다섯째, 거짓말이 거짓말을 낳으며 사건을 더 키운다. 거짓말 시리즈는 워터게이트 사건의 하이라이트며, 닉슨의 도덕불감증을 보여주는 키포인트다. 사건 직후 백악관 대변인은 "3류 절도 미수 사건"이라며 자신들과 무관함을 강조했다. 닉슨은 기자회견에서 "진상을 조사한 결과 백악관 관련자는 아무도 없음을 확신한다"고 단언했다. 조금씩 진상이 드러나면서 '거짓말'이란 비난이 쇄도하자 닉슨은 " 나는 사기꾼이 아니다"고 항변한다.

거짓말의 백미는 사건의 막바지 테이프 제출 장면이다. 닉슨의 참모는 의회 증언에서 "백악관에 자동 녹음장치가 있다"고 털어놓았다. 당장 테이프를 제출하라는 명령이 떨어진다. 백악관은 테이프 대신 녹취록을 제출하겠다고 버틴다. 특검이 거부하자 닉슨은 짜깁기한 테이프를 제출한다. 짜깁기 사실이 알려지자 상원 특별위원회는 원본 제출을 요구한다. 닉슨은 '국가기밀 관련'이라며 제출을 거부한다. 결국 대법원까지 간다. 닉슨이 졌다.

그런데 닉슨은 원본을 제출하면서 또다시 꼼수를 피웠다. 18분30초 분량을 삭제하고 내놓는다. 여비서가 실수로 지웠다고 핑계 댔다. 언론의 취재 결과 녹음 내용을 지울 수 없는 상황임이 드러났다. 결국 닉슨은 진짜 원본을 내놓을 수밖에 없었다. 원본에서 결정적 증거Smoking Gun가 드러났다. 닉슨이 사건 초기부터 은폐를 지시한 생생한 대화록이다. 닉슨을 감싸던 변호사마저 "속았다"며 떠난다. 하원이 탄핵을 검토하기 시작했다. 닉슨의 사임은 거짓말 때문이란 말이 나오는 이유다.

불법사찰과 관련해 청와대도 초기엔 "보고를 받은 적이 없다"고 부인했다. 그러나 시간이 지나면서 사건의 양상이 달라지고 있다. 갈 길은 멀어 보인다. 워터게이트는 2년 2개월을 끌었다. 그리고 이후 20년 동안 공화당은 상·하원 양원 모두에서 소수파로 수모를 겪어야 했다.

_ 중앙일보, 2012년 4월 4일

• • •

이 칼럼을 쓰면서 자료를 찾아보고 일단 포커싱을 했어요. 공통점을 찾다보니까 한 스무 가지 정도가 되는 거예요. 분량 제한이 있기 때문에 다 잘라내고 일단 다섯 가지로 줄였어요. 다섯 가지를 설명하는데도 2,300자 칼럼 분량이 모자라더군요. 그래서 평소 칼럼과는 다르게 앞뒤를 다 잘랐어요. 극단적으로 얘기하면 첫 문장을 '지금 불법사찰 문제는 워터게이트 사건을 연상하게 한다'로 시작하고 1, 2, 3, 4 식으로 나가는 거죠. 다 알고 있으니까 상황 설명이 필요 없다는 생각에서였습니다. 내가 하고 싶은 얘기는 그 다섯 가지였고 내가 글을 쓰면서 'MB가 이것을 책임져야 한다'라는 얘기를 한 마디 안 해도 독자들은 알 수 있다고 생각했습니다. 예를 들면 '사소한 데서 출발했다. 그런데 문제가 커진 것은 거짓말이다. 우리도 거짓말이 있었다. 워터게이트를 보면 처음엔 작은 거짓말이 나중엔 큰 거짓말이 됐다'는 것입니다. 이렇게 쓰면 우리 불법사찰에 이명박이 관계가 있다 없다를 한마디 안 해도 이 사건에 MB가 관련이 있겠구나, 라고 독자가 생각하게 됩니다. 그래서 마지막에 '이명박이 책임져야 한다'고 말할 필요가 없는 거예요. 포커싱을 하고 구조를 만들 때는 콘텐츠에 따라서 얼마든지 다르게 쓸 수 있다는 것입니다.

우리 신문사 시험 같은 경우, 예를 들어 한번은 '남대문 시장에 가서 기사를 써오라'고 했습니다. 일단 소재가 달라야 글 쓰는 방식도 달라지는 거죠. 그중 재미있었던 게 남대문을 취재하라고 했더니 남대문에 있는 포르노 극장을 취재한 기사였어요. 나도 몰랐는데 거기 성인용 동시상영관이 있더군요. 그 극장이 예전에는 잘됐는데 요즘엔 어떻게 변했고 고객들이 어떤 식으로 변화했는지 글을 쓰면서 극장이라는 구멍으로 보는 남대문의 모습을 취재해 왔습니다. 물론 주제는 연관돼야 하죠. 하지만 굳이 남대문을 상인의 시각으로만 볼 필요는 없다는 것입니다. 소재의 참신함, 거기에 맞는 구조와 방식이 필요한 것이죠. 단 이런 식으로 글을 쓸 때는 군살이 없어야 해요. 없어도 그 자체로 형식적 완결성을 가져야 합니다.

Revise 그다음 단계인 고쳐 쓰기는 사실상 노력은 1퍼센트밖에 안 들어갑니다. 단 앞에서 잘 쓴 경우에 해당합니다. 내가 글을 잘 쓰면 이 과정에 노력이 덜 들어가는 것이죠. 독자 마인드로 확인을 해야 합니다. 예전에 제가 입사할 때만 해도 중 3 눈높이에 맞춰 쓰라고 했지만 지금은 살짝 높아졌습니다. 학력도 높아졌지만 신문의 독자수가 줄면서 고급화가 됐지요. 따라서 오피니언 리더를 좀 더 겨냥하는 방향으로 씁니다. 그런데 이런 리더라고 해도 반드시 엄청난 학식이 있는 건 아니에요. 그래서 쉽게 써야 합니다. 술집 가서 친구들이랑 얘기하는데 들은 척도 안 한다면 이건 재미가 없다는 뜻이지요. 반대로 관심을 보이면 그건 기사로 쓸 수 있는 소재입니다. 그만큼 고쳐 쓰기를 할 때는 평범하고 쉽게 얘기하듯이 써야 합니다. 내 글이 쉽게 소통할 수 있는 글인가를 생각하면서 쓰는 것입니다. 그렇지 않을 경우에는 다 뜯어고쳐야 해요.

논리적인지도 봐야 합니다. 요즘 신문을 보면 정보만 나열하는 형식의 글들이 많아요. 예를 들어 큰 사건이 일어났을 때 취재를 하다 보면 새로운 내용이 많습니다. 그렇기 때문에 이것을 못 버리고 다 쓰고 싶은 거지요. 그래서 내용을 나열하게 됩니다. 두 번째는 자기가 취재한 것을 보여주고 싶은 욕심이 들어서예요. 자기가 유식한 것을 보여주고 싶기도 하구요. 하지만 그렇게 쓴다고해도 독자들은 그렇게 모든 것을 받아들여주지 않아요. 쉽게 써야죠. 나열하지 말고 논리적으로 간결하게 써야 합니다.

그다음 명예훼손도 고려해야 합니다. 굉장히 중요한 거예요. 어디까지 명예훼손인지 아닌지는 복잡해요. 그렇지만 이 부분은 꼭 짚고 넘어가야 합니다. 특히 사건이 났을 때 피해자, 죽은 사람에 대한 명예훼손에는 주의를 요해야 합니다.

소명으로서의 저널리스트 Journalist as a vocation

다음으로 무엇을 쓸 것인가에 대한 얘기를 하고자 합니다. 사실 이것이 어떻게 쓸 것이냐보다 더 중요하고 어려운 거예요. 아까 얘기한 '커뮤니케이터로서의 저널리스트'가 기자의 일에 대한 것이라면, 지금부터 얘기할 '소명으로서의 저널리스트는 기자라는 직업에 관한 것입니다. 먼저 소명, 운명 하면 대표적인 것이 막스 베버의 '소명으로서의 정치'입니다. 기독교적 의미에서 소명은 하나님이 나에게 던져준 일이라는 것이죠. 굉장한 사명감, 희생정신을 의미합니다. 기자도 마찬가지로 공적인 일을 하는 사람으로서 쉽지 않은 일을 합니다. 유혹이 많죠. 그래서 좋은 기자가 되려면 소명감, 사명감이 있어야 된다는 의미입니다. 그런 소명감이나 책임감을 가지고 무슨 기사를 쓸 것인지 결정해야 됩니다.

전문가들은 평생 그 분야만 하겠지만 제너럴리스트인 경우는 다양한 분야를 맡게 됩니다. 부장 정도 되면 모든 것을 두루두루 다 알아야 해요. 국장 정도 되면 어지간한 문제에 대한 정보가 있고 의견이 있어야 합니다. 30~40분 남짓 하는 회의에서 전체 내용을 재단하는 것이죠. 회의 때 각 부서별 부장들은 어떤 뉴스가 있는지 그 자리에서 다 이야기합니다. 이때 국장은 그 뉴스에 대해 자세하게는 몰라도 자신의 의견을 얘기할 수 있는 정도가 돼야 합니다. 어떤 게 더 중요한지, 지면 배열을 어떻게 할지, 각도를 어떻게 볼지, 라는 얘기가 나오려면 자기의 의견이 있어야 하죠. 그게 없으면 부장들이 얘기할 때 판단이 서지 않습니다. 그런데 국장만 그래야 하는 건 아닙니다. 모든 기자가 그래야 한다는 것입니다. 온갖 사건이 다 있는데 이것을 어떻게 판단하느냐가 문제입니다. 전문가, 아는 사람들한테 물어볼 수는 있지만 기본적으로 자기가 무엇을 얘기하고 중요하게 여기는지가 있어야 말할 수 있는 것입니다.

저는 무엇을 중요하게 여기는지에 대한 나름의 기준이 있습니다. "사회 정의에 입각하여 진실을 과감·신속하게 보도하고 당파를 초월한 정론을 환기한다." 이것은 〈중앙일보〉 사시의 일부입니다. 중요한 것은 '사회 정의에 입각하여'입니다. 그럼 사회 정의가 무엇이냐, 라는 질문이 있게 됩니다. 각자 생각하는 정의, 진실에 따라 쓰거든요. 일부러 장난치고 거짓말하려고 쓰는 기자는 없어요. 제가 생각하는 사회 정의는 기본적인 것이긴 한데 인권, 민주주의, 법과 제도, 이 세 가지입니다. 이게 제가 중요시하는 순서예요. 인권이 가장 우선입니다. 예를 들면 어떤 사안이 인간의 기본적인 인권을 침해하는 것인가라는 기준으로 봤을 때 그러하다면 굉장히 비중 있게 다뤄야 한다고 생각합니다. 여러분이 역사에 얼마나 관심 있는지 모르겠지만, 역사소설 가운데 김훈 씨가 쓴 『흑산』이라는 소설에 보면 거기에 나오는 민초들의 열악한 삶을 알 수 있어요. 거기 나오는 탐관오리들이 민초들을 굶어죽게 한다든지, 아이들을 죽게 만드는데, 이런 것이 기본적인 인권 침해인 거죠. 언론에서 다룬다면 이런 사건을 먼저 다루는 것입니다. 제가 대학 다닐 때 공장 다니는 사람들을 상대로 야학을 했어요. 그때 공장 다니는 사람들이 대부분 초등학교만 졸업하고 들어온 이들이었지요. 그런데 보면 그런 사람들이 기본적인 생존권, 자유권 이런 것들을 사실상 박탈당한 채 살고 있었거든요. 저는 지금도 이런 상황이 많다고 생각해요.

인권이라는 것에는 가장 중요한 생존권, 자유권이 있습니다. 자유권 안에는 표현의 자유가 있죠. 예를 들면 미네르바 사건에서 저는 그의 표현의 자유를 인정해줘야 한다고 생각해요. 그 사람이 사회 혼란을 불러오는 면이 있지만 그것은 그다음이라고 생각하는 거예요. 표현의 자유는 인권이기 때문에 나머지 문제는 부수적인 거라고 생각합니다. 그게 제 판단의 순서입니다. 뭘 쓸까 할 때도 인권이 침해되는 사례를 우선으로 둡니다.

그다음은 민주주의입니다. 누구나 다 민주주의를 얘기하지만 사실 잘 안 되는 거예요. 고려대 최장집 교수가 '민주화 이후의 민주주의'를 얘기하셨잖아요. 1987년도 민주화 이후 민주주의가 제대로 안 되고 있는 뜻이죠. 제가 생각할 때는 기자가 어떤 것을 써야 하느냐 말아야 하느냐라고 했을 때 민주주의가 중요한 판단 잣대가 되는 겁니다. 제가 생각하는 민주주의는 적법한 절차입니다. 예를 들어 통합진보당 사태의 경우 이 당을 지지하든 지지하지 않든 이것이 심각한 문제라고 보는 것은 민주주의에 적합한 절차를 위반했기 때문입니다. 그럼 새누리당은 어떠냐고 한다면 새누리당도 절차를 어겼다는 면에서는 마찬가지입니다. 그러나 통진당은 무식하게 어겼고 새누리당은 세련되게 어겼어요. 공천을 할 때 새누리당에 박근혜가 다 공천을 주지 않았지만 뒤집어보면 그런 것이나 마찬가지거든요. 이런 것을 두고 형식상 민주주의는 됐지만 실질적 민주주의는 안 됐다고 얘기할 수 있습니다. 최 교수의 얘기가 이런 것입니다. 통합진보당은 이마저도 잘 안 된다는 거겠죠.

민주주의라는 것을 조금 더 들어가 보면 법과 제도와 연결됩니다. 저는 보수주의자입니다. 미국과 유럽에서 말하는 보수주의는 다른데, 유럽에서 말하는 보수주의자라는 뜻입니다. 유럽에서 진보는 사회주의니까요. 보수주의라는 게 기본적으로 이렇습니다. 영국 사람들이 프랑스 혁명을 보고 깜짝 놀란 거예요. '너무한다. 어떻게 왕을 죽일 수가 있지?'라고 생각했지요. 그 사람들이 얘기하는 보수주의의 요체는 '지금 우리가 따르는 법과 제도는 나름대로 우리의 합의를 통해서 만들어진 것이기 때문에 이것이 한 사람의 개인이 내린 선택보다는 현명할 것이다'라는 생각입니다. 어떤한 사람, 영웅이 등장해서 맞고 그름을 판단해서 행하는 것은 결코 보수주의가 아닙니다. 한 사람이 한 사회의 기존의 법과 제도보다 더 현명한 선택을 하리라는 것을 믿지 않는 거예요. 법과 질

내가 지키는 글쓰기 원칙

서를 건너뛰거나 절차를 거치지 않고 했을 경우에는 기사를 써서 알려야 한다는 게 저의 생각입니다.

To be a good journalist　내가 생각하는 '좋은 기자가 되려면 어떻게 해야 되느냐'의 조건으로 꼽는 첫째는 열정입니다. 기자에게 '마와리'라는 게 있어요. 마와리를 돌다 보면 굉장히 허망해요. 처음에 기자 돼서 밤 12시에 퇴근해서 새벽 3시에 출근했거든요. 3시에 출근해서 경찰차를 타고 돌기 시작하는데 하다 보면 내가 뭐 하고 있는 거지 하는 생각이 듭니다. 나름 자부심을 갖고 중요한 일을 한다고 생각하면서 들어왔는데 쓰레기통을 뒤지고 영안실에 가서 시체를 보다 보면 허망감을 느끼게 되죠. 그 마음을 다스릴 수 있는 게 열정입니다. 그런데 열정과 반드시 구분해야 될 게 있는 게 흥분입니다. 절대 흥분하면 안 돼요. 영어로 열정passion이라는 것은 예수가 십자가에 못 박혀 죽기까지 마음 속에 품었던 그것이거든요. 내가 죽을 줄 알지만 이 사람들을 위해 일하는 거예요. 그럴 정도로 숭고한 정신입니다. 이게 없으면 움직여지지도 않고 아무것도 안 돼요.

그다음이 윤리인데, 'No fear, no favor'라고 〈파이낸셜 타임즈〉의 사시 같은 것입니다. 두려워해서도 안 되고 누군가를 봐줘서도 안 된다는 겁니다. 이러한 윤리는 점점 중요해지고 있어요. 신문사든 방송사든 점점 환경이 어려워지고 있거든요. 그러면 여러 가지 유혹을 받게 돼요. 가장 많은 게 금전적인 것이죠. 회사의 경영이 어려워졌을 때 기사를 왜곡해서 써야 하는 경우가 있어요. 개인적으로 잘 부탁한다며 주는 촌지 같은 것도 있을 수 있고요. 이것을 어떻게 처리할지를 고민하고 생각해야 할 때가 있습니다. 그 조직에 있으면서 거기서 비롯되는 인간관계 안에서 벌어지는 경우에 현실적으로 거절하기 어려운 상황도 있습니다. 그래서 자본이나 권력으로부터의 독립성을 유지하는 것이 참 중요합니다. 쉽지 않지만 계속 생각하는 사람과 그러지 않는 사람과는 완전히 다릅니다. 더군다나 처음 기자를 시작하는 사람들이 별 생각 없이 하다 보면 나도 모르게 저런 유혹들에 빠져 있을 수가 있습니다.

마지막으로 판단력을 길러야 한다는 점을 강조하고 싶습니다. 모든 것을 내가 다 알 수가 없죠. 중요한 것은 다양한 사실과 정보 속에서 판단 기준이 있어야 한다는 것입니다. 그 사건에 대해 전문적인 지식은 없지만 어떤 것이 더 중요하다고 판단할 수 있는 능력이 있어야 한다는 거죠. 많이 읽고 생각해봐야 합니다. 문학과 역사, 철학에 관련된 것이죠. 지식보다 자기가 계속 생각을 해보기 위해서입니다. 뭘 쓸 것인가를 결정할 때 내 기준을 키우는

내가 지키는 글쓰기 원칙

거예요. 이것이 튼튼하게 서 있으면 어떤 큰 사건이 터지더라도 혼란스럽지 않을 수 있어요. 여러분이 시간 날 때마다 인문학의 기초가 되는 책을 많이 찾아 읽어보면 좋겠다고 생각합니다.

Q 중앙일보 입사 시험 논술을 채점하는 시스템에 대해 말씀해주세요.

A 제가 입사 시험 심사위원장이었던 적이 있습니다. 중앙일보는 방송, 신문 입사 시험을 한꺼번에 봤거든요. 기본적으로 그 둘은 비슷합니다. 작문, 논술, 카메라테스트가 있어요. 처음에 방송 지망을 쓰면 카메라테스트에 비중을 더 주고 신문 지망은 좀 덜합니다. 작문, 논술은 같이 보고요. 그런데 방송은 작문에 좀 더 비중을 뒀어요. 거의 차이는 없습니다.

신문에서는 작문과 논술에 구분을 뒀어요. 작문이라는 것은 글만 되면 되는 거예요. 논술은 논리적으로 글이 전개돼야 하는 합니다. 작문 같은 경우는 나의 미래, 가장 슬펐던 일 같은 연성적 주제를 줍니다. 글 자체, 글의 설득력, 주제에 정확하게 부합하는지가 중요합니다. 작문은 기본적으로 주제에 충실해야 하고 글 쓰는 스타일이 훨씬 다양해요. 편지글, 내레이션, 뉴스 리포트 형식 등 여러 가지죠. 대신 작문은 감동을 줘야 해요. 읽는 사람에게 감정이 잘 전달돼야 하는 것입니다. 지난번 작문 문제 중 하나가 〈비너스의 탄생〉이라는 그

림을 거꾸로 주고 쓰라고 했어요. 상상력을 보는 것이죠. 예를 들어 "아, 누가 날 이렇게 뒤집어놨어. 난 박물관에 고이 걸려 있어야 하는데, 힘드네."라는 식으로 시작해도 되는 거예요. 그런 것처럼 문제를 받아봤을 때 출제의 의도가 무엇일까를 충분히 생각해야 합니다. 그렇지 않고 너무 급하게 시작하면 글이 엉뚱하게 흐를 수도 있죠. 〈비너스의 탄생〉을 뒤집어놨을 때는 뭔가 전복적인 사고를 하라는 거거든요. 어려웠던 시절을 쓰라는 것은 그 사건에 대해 자신의 감정을 최대한 표현하라는 것이지요. 얼마 전 〈중앙일보〉 분수대 코너에 이나리 논설위원이 쓴 글이 예 중 하나가 되겠습니다. '자신이 어렸을 적 엄마에게 맞고 자란 경험이 있어서 나는 커서 절대 그러면 안 되겠다 했는데 어느 날 자기 아이를 때리고 있는 것을 발견했다' 이런 내용이 감동을 주기도 하죠.

지난번 저희가 냈던 문제 중 하나는 '노르웨이 인종차별주의자의 총기 난사 사건에 관한 것이었습니다. 그가 자기 홈페이지에 올려놨던 글 일부를 떼서 주고 그것에 반박하는 논술을 쓰시오.'였어요. 한마디로 인종차별주의자를 비판하라는 것입니다. 그것을 쓰려면 평소에 인종차별주의에 대한 생각이 있어야 하니까요. 먼저 그 뉴스를 알아야 하고 더 나아가서 노르웨이가 어떤 나라고 왜 인종차별 문제가 드러나게 됐느냐까지 생각할 수 있어야 하죠. 중동 사람들이 흡수되면서 동질적인 북유럽사회가 흔들리고 있다는 배경을 알고 있으면 글쓰기가 훨씬 쉽죠. 이것을 논리적으로 풀어내야 하는 것입니다. 물론 서론, 본론, 결론이 있어야 해요. 논술에는 비판적 시각, 논리가 중요하죠. 그 글에 설득력이 있어야 해요. 주장이 다르더라도 설득력 있고 쓸 만하다고 생각이 드는 게 있으면 됩니다.

Q **독자 마인드를 어떻게 해야 가질 수 있을까요?**

A 독자들이 궁금해하는 것이 무엇일지 항상 생각하는 것인데, 그러기 위해서는 기자는 '예민한 관찰자'가 돼야 한다는 것입니다. 친구들과 얘기하는 와중에도 어떤 것이 기사가 될지 항

내가 지키는 글쓰기 원칙

상 생각하는 거예요. 거의 잠자는 시간 제외하고는 뭐를 보든, 누구를 만나든 항상 고민하는 것이죠. 왜 저 이야기를 할까, 왜 저렇게 생각할까 늘 고민하는 거예요.

Q 작문은 상상력과 독창성이 중요하다고 했는데 시험 준비하는 사람들 입장에서는 이것을 시사적인 것과 연결시켜 써야 한다는 강박관념이 있습니다. 이것은 어떻게 생각해야 하는지요.

A 그러면 더 좋긴 하겠고 실제로 많은 사람들이 그렇게 했어요. 얘기를 풀어나가다가 마지막에 어떤 최근 문제와 연결시키고요. 잘하면 좋은데 대부분 사족인 경우가 많아요. 억지로 갖다 붙이려다가 역효과가 나는 경우가 많습니다. 오히려 어색해지지요. 감정을 전달하는 것에 가장 많은 중점을 뒀으면 좋겠습니다.

04

문장의
리듬을 살리는
글쓰기

오태진(조선일보 수석논설위원)

리듬이 없는 글은 덜컹거립니다.

자기가 글을 써놓고 이 글이 매끄러운지 잘 모를 때가 있습니다.

이때 소리를 내서 읽어보는 것이 굉장히 도움이 됩니다.

그냥 눈으로 보는 것과 많이 다릅니다.

제 주제는 '문장의 리듬 살리기'로 붙여봤습니다. 여러분이 앞으로 학교와 사회생활을 하면서 글을 쓸 때 제가 말씀드린 것 중에 두어 가지 포인트를 기억하고 계시다가 생활 속, 직업 속 글쓰기에서 활용할 수 있다면 그것만으로도 보람 있을 것 같습니다. 기자의 글쓰기뿐 아니라 좀 폭넓게 글을 어떻게 쓰는 것이 좋은지 나름의 경험으로 말씀드리겠습니다.

저는 기자생활을 30년 넘게 했습니다. 나름대로 선배들, 동료들 하는 것을 보면서 기자라는 것에 필요한 덕목, 소양을 생각해보고 있습니다. 세 가지 정도를 요약해봤는데, 기자생활에 가장 중요한 덕목은 글솜씨나 말솜씨가 아니라 성실함과 집요함인 것 같습니다. 기자라는 것은 기본적으로 사람을 만나 취재원의 마음을 열고 내 편으로 만들어서 그들에게서 뉴스를 뽑아내는 일을 하는 직업입니다. 사람을 잘 사귀는 친화성과 그에 따르는 집요함이 필요합니다. 원래 취재원과 기자는 적일 수밖에 없습니다. 한쪽은 뭔가 알아내려고 하고 반대쪽은 숨기려고 하니까요. 적을 내 친구로 만들어서 뉴스를 뽑아내고자 한다면 자기를 설사 싫어한다 하더라도 지겹도록 쫓아다니면서 그 사람 마음을 얻어내는 게 굉장히 중요한 덕목이라고 생각합니다.

두 번째는 센스, 감각이라고 하겠습니다. 한 자료, 한 사건을 열 명의 기자들이 봤는데 그중 딱 한 명의 기자만 물건을 만들어냅니다. 다른 사람들은 다 똑같은 스테레오 타입을 만들어내는데 어떤 사람은 독특한 메시지를 뽑아내 좋은 기사를 만듭니다. 기자로서의 감각이 여기에 있습니다.

마지막으로 기자가 되고 한동안 활동하면서 있어도 되고 없어도 되는 게 글솜씨입니다. 요즘 입사 시험에 글솜씨가 중요하다고 합니다만 기자 시절 초반에는 글을 잘 쓰고 못 쓰고는 그리 중요하지 않습니다. 아직까지 우리나라 기자 시스템은 도제식 교육이기 때문에 부서 선배, 차장급 이상 데스크들이 포인트를 봐주고 수정해주는 과정이 있습니다. 이 때문에 실상 글솜씨가 초반에는 중요하지 않습니다. 이땐 뭐든지 기사거리, 특종거리를 물고 오는 게 중요하지요. 다만 기자생활 중반으로 오면서 칼럼을 쓰거나 자기 글을 쓸 때, 후배들 글을 봐주는 데스크 입장이 되면 그때 글쓰기의 중요도는 더 커집니다. 그래서 기자로서 글솜씨는 연배가 더 해갈수록 중요하게 되는 것입니다.

제가 특히 강조하고 싶은 것은 '글의 리듬'이라는 개념입니다. 시에 운율이 있는 것처럼 산문에도 운율과 리듬이 있다고 봅니다. 어떤 기사를 읽으면 가다가 막히고 툭툭 끊깁니다. 어떤 글은 읽으면 스르르 잘 읽힙니다. 자연스럽게 읽히는 것이지요. 매끄럽게 흘러가는 글입니다. 산문에서 리듬을 살리는 게 어떤 것인지에 주안점을 두고 말씀드리겠습니다.

글을 쓰라고 하면 저도 지금도 주제를 앞에 놓고 경직되고 어깨에 힘이 들어갑니다. 자연히 딱딱한 단어들이 나오고 접속사도 많이 들어갑니다. 어떤 글이든 쓰기 부담스럽기 마련입니다. 하지만 글을 쓸 때는 어깨에서 힘을 빼고 조용히, 편안히 시작해야 합니다. 물론 소재와 글감을 찾는 과정에서는 열심히 해야 하고 찾으면서도 생각을 해야 하지만 글을 쓰기 시작하면서부터는 차분하게 긴장을 풀고 하는 게 좋습니다. 흔히 신문사 안에서 기자들을 말할 때 경파와 연파로 나누는데요. '딱딱할 경'에, '부드러울 연'을 써서 글의 스타일에 따라 구분을 합니다. 경파라고 하면 스트레이트 뉴스에 강하고 연파 기자는 조금 부드러운 글들, 미담 기사, 휴먼 스토리에 강합니다. 저도 연파 기자로 분류되고 있고 그런 글쓰기를 합니다. 그런데 경파도, 연파도 마찬가지로 스토리

기사를 쓸 때 감정을 이입하는 과정이 필요합니다. 저 사람이라면 어떻게 생각할까 입장을 바꿔 생각해보는 것이지요. 그런 것들이 이른바 연문 기사를 쓸 때 필요한 자세입니다. 그렇다고 해서 시작부터 '감격적이다', '놀랍다', '기가 막히다', '화제가 됐다'라고 시작하는 글이 있는데 이런 글은 독자를 빨아들일 수 없습니다. 독자는 글을 읽으면서 자연스럽게 빠져들고 생각하면서 읽게 되는데 필자가 먼저 감정을 던져넣으면 읽는 사람이 김이 샙니다. 금기라고 생각합니다. 필자는 자기감정을 직접적으로 표현하지 않아야 합니다.

플로베르라는 프랑스 작가가 말했습니다. '일물일어설'이라는 것입니다. 한 가지 사물에는 한 가지 말이 어울린다는 얘깁니다. 신문기사는 물론 모든 글쓰기에서도 마찬가지라고 생각합니다. 어떤 글을 쓸 때 선택할 수 있는 여러 가지 단어가 떠오를 수 있습니다. 그중에서 남들이 쓰는 상투적인 것들을 나는 쓰지 않는다는 자세를 가지고 있습니다. 초년병 때 짧은 스트레이트 기사를 쓰더라도 그런 자세를 나름대로 유념하면서 써봤습니다. 물론 데스크에서 좋아하지 않았습니다만 이런 자세가 쌓이면 남과 다른 글을 쓸 수 있습니다. '~라고 해서 화제가 되고 있다'라는 말을 신문뿐 아니라 방송에서 많이 보실 겁니다. '~가 수면 위로 떠오르고 있

내가 지키는 글쓰기 원칙

다', '전모가 서서히 드러나고 있다', 이런 말은 듣는 시청자, 독자들의 기대감을 없앱니다. 다른 사람들이 흔히 쓰는 말을 나는 쓰지 않겠다는 자세를 기억해주시면 좋겠습니다.

방송에서 사건기사 보도를 할 때 살인사건에서 '가해자가 ~하는 데 격분해 이 같은 범행을 저질렀습니다', '~에 앙심을 품고' 이런 말들이 천편일률로 나옵니다. 이것은 경찰관이 범죄 조서를 쓸 때 쓰는 표현입니다. 형사의 글입니다. 이것을 기자들이 그냥 가져다 쓰는 것입니다. 정말 딱딱하고 상투적인 표현이니 걸러내야 합니다.

신문기사에 리드라는 것이 있습니다. 짤막한 사건기사들은 바로 내용으로 들어가지만 좀 긴 기획기사라거나 스토리가 있는 기사인 경우 앞부분에 독자들을 사로잡고, 글의 전체 방향을 암시하는 글이 들어갑니다. 그런 글을 가리켜 리드라고 합니다. 저는 이 리드가 글의 상당 부분을 결정한다고 생각합니다. 조금 과장해서 '리드는 글의 절반이다'라는 말이 있습니다. 리드로 독자를 사로잡지 못한 기사는 절반은 실패한 글이라고 할 수 있지요. 리드는 고심해서 써야 합니다. 물론 상투적인 리드는 피해야지요. 글의 앞을 의문문으로 시작하는 글이 있습니다. 쓰기는 쉽겠지만 독자를 사로잡아야 하는 글에서 독자에게 물어보면서 시작해서는 곤란합니다. 리드에서도 감정을 배제하는 것이 중요합니다. 리드에서부터 필자가 정서적 감정적 단정을 내려버리면 읽는 독자는 김이 새버립니다.

긴 기사를 쓸 때는 취재하기 전, 취재하면서, 다녀와서 어떤 구조로 어떤 표현을 기사에 사용할지 생각해야 합니다. 취재와 기사의 틀 잡기가 동시에 진행돼야 합니다. 취재 갈 때부터 돌아와서 쓸 때까지 계속 구조를 생각해야 합니다. 기사의 틀만 생각해놓으면 글의 대부분을 썼다고 볼 수 있습니다.

리듬이 없는 글은 덜컹거립니다. 자기가 글을 써놓고 이 글이 매끄러운지 잘 모를 때가 있습니다. 이때 소리를 내서 읽어보는 것이 굉장히 도움이 됩니다. 숨이 차다든지, 계속 늘어진다든지 하면 수정해야 하는 글입니다. 그냥 눈으로 보는 것과 많이 다릅니다. 소리 내 읽을 환경이 안 되는 경우라면 그냥 입술만 들썩거리면서 읽어보기만 해도 리듬감이 있는 글인지 아닌지 알 수 있습니다.

리듬을 해치는 것 중에 하나가 접속사입니다. '하지만', '그런데', '그러나' 이런 것들인데 접속사를 최대한 줄여야 문장 사이가 부드럽게 넘어갈 수 있습니다. 모든 글쓰기에서 마찬가지입니다. '그러나', '한편', '더욱이' 이런 접속사들은 조사를 '~도'로 바꾸면 생략할 수 있습니다.

홍보대행사나 정부기관 홍보담당자가 내는 보도자료 중엔 바로 기사로 갖다 써도 될 정도로 잘 된 것들이 있습니다. 그런 것 중에도 보면 '등', '및' 이런 것들이 들어간 글이 많습니다. 신문에도 '~등'이 굉장히 많이 들어가 있습니다. 일상생활에서 말할 때 "누구야, ~등을 봤냐?" 이런 말을 쓰지는 않지요? 일상 언어생활에서 쓰지 않는 죽은 말들은 글에서도 쓰지 말아야 합니다. 죽은 말을 쓰면 글도 죽게 됩니다. 대표적인 예가 '및'인데요, 서류에서도 거의 사라지고 경찰 조서에나 등장하는 단어입니다. '등' 같은 경우는 '~비롯한', '~같은'으로 바꿀 수 있습니다.

스트레이트 기사를 보면 '~에 따르면 ~한다는 것이다'라는 표현을 많이 씁니다. 뭔가 낡은 듯한 기분이 들지요. 'A는 ~라고 했다'가 훨씬 깔끔하고 듣기 좋습니다. 글은 일상에서 쓰는 말, 구어체에 가깝게 쓰는 것이 좋다고 생각합니다. 이를테면 '질병 예방을 위해' 같은 말을 일상에서 쓰지는 않습니다. 서류 속에만 등장하는 표현이지요. '병을 막기 위해', '병을 막으려고'라고 쓰는 게 좋습니다. '~할 것을 지시했다' 같은 표현도 많이 볼 것입니다. '~라고 당부했다' 이런 식으로 풀면 훨씬 자연스럽고 간결합니다.

한자 말을 되도록 덜 쓰는 것도 중요합니다. 한자로 된 말은 어감 자체가 딱딱하지요. 예를 들어 타이어를 '무상 장착해준다'라는 말 대신 '무료로 달아준다'라고 하면 됩니다. '일일, 이일, 삼일'보다 '하루, 이틀, 사흘, 나흘' 이런 식의 어감이 훨씬 좋습니다. 요즘 '오일장'이라고 말을 하는데요, 예전에는 '닷새장'이라고 했습니다. '다음 날'보다 '이튿날'이라는 표현도 더 감성적이고 부드럽습니다.

관형구 사용을 자제해야 합니다. 장황하게 길고 중첩된 관형구는 피하는 게 좋습니다. 예를 들어 다음에 나오는 기사 한 대목을 봅시다.

서울대 기계항공공학부 김종원 교수는 전투기 비행 도중 겪는 회전 및 급강하 상황을 똑같이 재연하는 조종석 모양의 가상 훈련 장치인 모션 시뮬레이터를 개량한 제품을 선보였다.

도대체 무슨 말인지 알 수가 없습니다. 모션 시뮬레이터를 설명하기 위해 앞에 길고 장황한 수식어들이 붙었습니다. 설명하기 위한 관형구를 앞쪽으로 다 욱여넣었기 때문입니다. 이렇게 고쳐봅시다.

서울대 김종원 교수는 가상훈련 장치 모션 시뮬레이터를 개량한 제품을 선보였다. 조종석처럼 생긴 이 장치는 전투기 비행 중에 겪는 회전과 급강하 상황을 똑같이 재연했다.

고친 문장에서 꾸미는 수식어는 '개량한' 하나밖에 없습니다. 부드럽게 읽히고 뜻도 명확해집니다. 나머지 관형구에 있던 내용은 별도 문장으로 뽑아내는 겁니다. 여기에 장치를 꾸미는 관형어 하나, 회전과 급강하를 꾸미는 관형구 하나가 사용됐습니다. 글이 더 명쾌해졌지요. 이 기사에 '및'이라는 단어도 없어졌습니다. 리듬을 살리는 글은 역시 단문이어야 합니다. 그래야 읽는 사람도 읽는 맛이 납니다. 긴 글을 소리 내 읽어보면 숨이 가빠 잘 넘어가지 않습니다. 컴퓨터로 글을 쓰면서 가로 한 줄을 넘어가면 실패한 문장이라는 것을 유념해두시기 바랍니다.

'~등' 만큼이나 제가 싫어하는 것이 '~의'입니다. 일본사람들이 '의'라는 말을 굉장히 많이 씁니다. 이 관습이 남아서 그런지 남용하는 경우가 많습니다. 저도 무척 노력하지만 어쩔 수 없는 경우가 있습니다. 그래도 웬만하면 쓰지 않는 방법을 찾는 것이 좋습니다. 글에서 한번 '의'를 빼 보십시오. 대체로 없어도 무방한 경우가 많습니다. 글이 덜 늘어집니다.

번역투 문장 역시 지양해야 합니다. 원래 우리말에는 피동태가 없다고 합니다. '~이 요구된다'보다 '~이(/가) 필요하다'고 하면 됩니다. '아무리 ~해도 지나치지 않다' 이런 말도 자제해야 합니다.

문장을 단어로 끝내는 경우도 많이 보시지요? 그런 것들은 가끔 쓰면 문장 사이 리듬도 살고 호흡도 빨라지는 효과도 있는데 어떤 글은 단어로 끝나는 것이 너무 많습니다. 이런 글은 읽기가 싫어집니다. 글이 경박해 보일 수도 있고요. 지나치면 안 하느니만 못한 것이지요.

수미상응, 수미쌍관이라는 말이 있습니다. 머리와 꼬리가 서로 관통한다는 뜻인데요. 글을 쓸 때 앞부분과 맺는말을 같은 것으로 써서 서로 관통한다는 뜻입니다. 앞부분에서 예시했거나 이야기를 시작하는 부분을 마지막에 다시 한 번 살려서 결론을 맺어주는 기술적 방법입니다. 그렇게 하면 뭔가 글 전체가 탄탄하게 엮이는 느낌이 납니다. 물론 남발하면 좋지 않을 수 있지만 글을 쓸 때 가끔 써보시기 바랍니다.

기사 하나를 함께 봅시다. 남편이 병이 들어서 트럭 운전을 못하게 되니까 아내가 면허를 땄습니다. 남편과 아내는 트럭을 몰고 함께 나섭니다. 아내가 운전을 할 때 남편은 뒷좌석에 누워 있

내가 지키는 글쓰기 원칙

습니다. 남편은 도심 복잡한 부분에서만 자리를 바꿔 운전을 합니다. 부부가 그렇게 같이 다니는데 상당히 암담한 상황입니다. 그 이야기를 아주 잘 풀어놓았습니다. 거기엔 감정적인 단어가 없습니다. 잘 보시면 접속사도 거의 없습니다. 긴 글인데도 불구하고 문장 하나하나는 짧습니다.

· · ·

부슬부슬 내리는 비가 차창을 타고 흘러내린다. 밤 11시 이은자(55) 씨가 운전하는 4.5t 트럭이 영동고속도로 하행선 여주 부근을 달린다. 이씨는 몸이 아담해, 운전을 한다기보다 운전대에 매달려 가는 것 같다. 트럭이 차선을 바꾸자 운전석 뒤편에 매달린 링거팩이 흔들거린다. 남편인 심원섭(53) 씨가 누워서 복막 투석을 하고 있다. 시속 100㎞로 달리는 트럭 속에서 투석은 30분 만에 끝났다. 10년 전부터 신장병을 앓고 있는 심씨는 하루 네 번씩 때와 장소를 가리지 않고 투석을 한다. 투석을 마치자마자 심씨가 코를 골며 잠들었다.

"시끄럽지요? 하지만 저 소리가 나한테는 생명의 소리예요." 가끔 코고는 소리가 들리지 않으면 손을 뒤쪽으로 뻗어 남편의 손을 만져본다. 곤하게 잠든 남편, 고맙고 또 고맙다.

부부는 일주일에 세 번씩 서울과 부산을 왕복한다. 수도권지역 공단에서 짐을 받아 부산 지역에 내려놓고, 부산에서 짐을 받아 서울로 가져온다. 원래는 남편이 혼자서 하던 일. 하지만 5년 전부터 아내가 함께 다닌다. 렌터카 · 택시 · 버스, 안 해본 운전이 없는 경력 35년 베테랑 운전사인 심씨는 1995년 뇌졸중으로 쓰러졌다. 뇌졸중이 나아질 무렵 다시 심장병으로 6차례 수술을 받았고, 신장병까지 겹쳤다.

사업은 망가졌고 고단한 병치레 끝에 자녀들과도 사이가 멀어졌다. 아들 둘, 딸 하나 가운데 막내아들(28)을 제외하고는 연락도 하지 않는다. "출가한 큰딸과 아들에게는 더 이상 손 벌리기가 미안해 연락도 못 해요. 저희끼리 잘 살길 바랄 뿐이죠." 아내 이씨가 한숨을 내쉰다.

운전석 옆에서 남편 수발을 들던 이씨는 2004년 아예 운전을 배웠다. 몸이 아픈 남편과 운전을 교대로 하기로 했다. 트럭이 안산공단에 들어서자 남편이 운전대를 잡았다. 좁고 복잡한 시내 길은 남편 심씨가, 고속도로 같은 쉬운 길은 아내 이씨가 운전을 한다.

낮에는 지방에서 전날 밤 싣고 온 짐을 안산 · 반월공단 공장을 돌며 내려놓는다. 해질녘이 되면 쉬지도 않고 지방으로 가져갈 물건을 싣는다. 저녁 7시쯤 경기도 안양에 있는 집에 눈 붙이러 잠시 들렀다. 남편은 집까지 걸어가기가 힘들다며 그냥 차 안에서 쉬겠다고 한다. 아내만 어두운 골목길을 따라 집으로 향한다. 이틀 만에 돌아온 집은 온통 빨랫감과 설거지감으로 발 디딜 틈도 없다. 공무원 시험 준비를 하는 막내아들 뒤치다꺼리도 이씨 몫이다. 집안 청소를 마친 이씨는 무너지듯 쓰러진다.

"좀 쉬었어?" 밤 10시, 짧은 단잠을 자고 돌아온 아내에게 남편이 한마디 던졌다. 무뚝뚝한 남편 앞에서 이씨는 말없이 트럭에 시동을 걸었다. 밤 12시. 어느새 중부내륙고속도로로 접어들자, 뒤에 누워 있던 남편이 눈을 뜨며 라면이라도 먹고 가자고 했다. 충북 괴산휴게소에 도착했다. 주차장에 트럭을 세워놓고, 이씨가 트럭 옆에서 라면을 끓였다. 남편은 다른 사람이 끓인 라면을 먹지 못한다. 신장병을 앓고 있는 환자 특유의 입맛 때문이다.

라면으로 허기를 달랜 부부가 다시 트럭을 몬다. 새벽 2시쯤 경부고속도로 칠곡휴게소에 도착했다. 휴게소 한쪽에 차를 주차시킨 뒤 남편이 운전석 뒤편 남은 공간에 전기장판을 깔고 눕는다. 아내는 운전석에 나무합판을 깐 뒤 잠을 청한다. 뒤쪽 공간이 조금 더 따뜻하고 편하긴 하지만 한 사람이 누워도 몸을 뒤척일 수 없을 만큼 좁다. "이렇게라도 함께 잘 수 있어 좋습니다. 꼭 신혼 단칸방 같지 않나요?" 남편 심씨가 애써 웃는다. 새벽 4시, 캄캄한 어둠 속에 트럭이 다시 출발했다. 새벽 6시 전에 톨게이트를 통과해야만 통행료 50%를 할인받을 수 있다. 고속도로는 경부고속도로에서 구마고속도로로 바뀐다.

심씨 부부가 이틀 동안 10여 차례 고속도로를 바꿔 타며 돌아다닌 거리는 1200여 ㎞. 한 달 수입은 기름값, 통행료 제외하고 350만 원 정도다. 일감이 없는 날도 많다. 트럭 할부금으로 매달 180만 원, 심씨 약값으로 50만 원이 들어간다. 정부에서 6개월마다 기름값 보조금 명목으로 150만 원이 나오지만 남은 돈으로 생활하기에는 빠듯하다. "그래도 약값이라도 나오니 다행이지요. 남편 몸이 조금 나아져 같이 다닐 수 있는 게 행복이라면 행복이고요." 가속 페달을 밟는 이씨의 표정이 밝다.

부부는 구마고속도로 김해 진례 톨게이트를 빠져나와 길가에서 1시간 정도 쉰 다음 톨게이트 화장실에서 세수를 했다. 김해공단에 이르자 남편이 다시 운전석에 앉았다. 짐을 부리고, 남해고속도로는 다시 아내 몫. 부산 녹산공단과 해운대에서 남편이 또 운전대를 잡았다. 옆자리로 옮겨 앉은 아내는 쉬지 못한다. 몸 아픈 남편에게 말도 붙이고 팔도 주물러준다. 녹산공단과 해운대 등을 돌아다니며 포장지, 전선 보호막, 철근 등을 내려주고 다시 서울로 향한다. 서울로 올라가는 경부고속도로 상행선. 아침이 밝다. "피곤해도 자동차 타고 여행 다니는 심정으로 일하지 뭐! 일 때문에 고생한다고 생각하면 더 힘들어지는 거 아냐?" 남편과 아내가 손을 꼭 쥐었다.

_ 조선일보, 2006년 4월 7일(글/사진 주완중 기자)

• • •

맨 끝에 보시면 '글/사진'이라고 돼 있고 기자 이름이 있습니다. 사진부 기자인데 자기가 취재도 하고 사진도 찍고 글을 써서 사회면 톱으로 나간 것입니다. 제가 처음 말씀드린 기자의 덕목 중 글솜씨는 나중입니다. 어디 가서 특이한 상황을 봤을 때 기사로 발굴해오는 것이 중요합니다. 무심코 지나치지 않고 물건을 만들어내는 능력입니다. 사진기자임에도 자랑스럽게 사회면 톱기사를 냈습니다. 도전적이고 찾아다니고 탐구하는 자세야말로 기자에게 가장 중요한 자세라고 할 수 있겠습니다.

기자들끼리 흔히 "기사 안 쓰면 기자 할 만한데……."라고 우스갯소리를 합니다. 기자생활을 몇 십 년 해도 글쓰기는 언제나 부담스러운 일입니다. 하지만 머리 속에, 마음 안에 뭔가 쌓여 있는 사람에겐 글쓰기가 즐거움일 수 있습니다. 쓸 거리, 생각할 거리를 늘 비축해두려면 책을 많이 읽는 것보다 좋은 방법이 없습니다. 많이 읽다 보면 좋은 표현, 좋은 문장, 좋은 생각이 저절로 읽는 이의 것이 될 것입니다.

내가 지키는 글쓰기 원칙

Q '만물상' 같은 칼럼을 보면 글감이 다양한데 취재를 어떤 식으로 하시나요?

A 논설위원들은 하루에 의무적으로 네 꼭지를 생산해내야 합니다. 〈조선일보〉는 거기에 사설 외에 '만물상'이라는 짧은 글이 포함됩니다. 주제는 아침 회의에서 정합니다. 논설위원실 식구들이 하루 중 가장 공들여 하는 일이 신문 보는 일과 회의하는 일입니다. 아침에 주요 일간지를 자기 분야와 상관없이 처음부터 끝까지 숙독을 하고요. 10시 반쯤 모여 회의를 합니다. 돌아가면서 발제를 하고 걸러내고 아이템을 정하고 서로 논지에 대해 생각을 나눕니다.

'만물상'도 사설처럼 시의성이 있는 주제를 고르게 됩니다. 최종적으로 주필이 사설 세 꼭지와 '만물상' 주제를 결정하고 필자까지 정합니다. 사실 자기가 쓰고 싶거나 잘 쓸 수 있는 '만물상' 소재를 받는 경우는 거의 없습니다. 글 주제를 받고 12시쯤 자료를 찾아보기 시작합니다. 막막합니다. 다행히 나이 든 논설위원들은 인터넷 검색을 잘 못한다는 것을 알고 편집국 검색팀에서 도와줍니다. 주로 외신 찾아주는 사람들인데요. 점심 먹기 전에 주제가 정해지면 맨 먼저 검색팀에 전화해 이런저런 것들을 찾아달라고 구체적으로 부탁합니다. 저도 찾아야지요. 제 경우는 읽었던 책, 메모해놨던 것에 많이 의존합니다. 회의 말미에 동료들이 자기 아는 일화나 책을 추천해주는데 굉장히 유용합니다. 글을 보면 만물박사처럼 보이지요? 백조는 우아한 것처럼 보이지만 물속에선 열심히 발을 젓습니다. 그처럼 '만물상'은 슬픔이 숨어 있는 글입니다.

논설위원실에 오래 있다 보니 책을 많이 보게 되는데 주로 책 제목을 보고 '만물상' 쓸 때 유용하겠다 싶은 것을 따로 골라놓습니다. 제 책상 주변은 책으로 둘러싸여 있습니다. 책을 읽으면서 컴퓨터에 메모를 해둡니다. 예를 들어 어머니, 선교사, 봄 이런 식으로 항목을 나누고 거기에 무슨 책 몇 쪽, 이런 식으로 써놓습니다.

글을 잘 쓰시려면 책을 많이 읽어두십시오. 시도 좋습니다. 좋은 시를 베껴 쓰다 보면 문장의 리듬도 상당히 좋아지지 않을까 생각합니다. 제 선배 중에 한 분은 편집국장을 하고 나

내가 지키는 글쓰기 원칙

서 책을 한 권 통째로 베껴 썼답니다. 2년 이상 편집국장을 하면서 그 사이 자기 글을 쓰지 못해서 글이 잘 안 써지더랍니다. 그래서 휴가 때 홍콩에 가서 젊어서부터 좋아했던 책을 처음부터 끝까지 베껴 썼더니 글 감각이 살아났다고 합니다.

Q 신문사 내에서 부서가 정해지는 것은 개인의 성향에 따라 나눠지는지요?

A 신문사는 굉장히 작은 조직입니다. 중소기업보다 작지요. 기자가 들어오면 선배들, 부장, 편집국장, 사장까지 지켜봅니다. 처음 들어가면 수습기자라는 것을 합니다. 제가 들어갔을 때는 6개월간 일하면서 일요일에만 집에 들어갔습니다. 잠은 경찰서 숙직실, 파출소 옆 여인숙에서 잤습니다. 그런 시간을 거치고 정식 기자로 채용되면서 사건 기자를 거치게 되는데, 이때 병원 영안실에서 죽은 사람들을 많이 봅니다. 이 초년 기자생활

을 2~3년 하는 동안 부장이나 간부들이 잘 관찰하다가 자기 부서로 데려갑니다. 특종을 잘하면 맨 먼저 정치부에서 데려갑니다. 신문은 도제 시스템이라 선배들이 초년병들과 술도 먹고 하면서 그 사람의 기질과 성향을 파악합니다. 우리 신문사의 경우에는 어떤 분야에 적격이라고 생각되면 한 분야를 오래 맡도록 합니다. 그 방면에서 전문가 수준을 갖게 하는 것이지요.

Q 언론사 시험을 준비하는 이들에게 해주고픈 말씀이 있다면 들려주세요.

A 해마다 논설위원실 동료들과 함께 입사 작문·논문 시험을 채점합니다. 지난 몇 년간 느낀 게 있어서 마지막으로 말씀드릴까 합니다. 작년인가 재작년에 작문 주제가 '위선과 위악'이었습니다. 까다로운 주제였었는데요. 열 명 중 한 명은 위악의 사례로 개그맨 박명수를 인용했습니다. 잘 어울릴 수는

있겠지만 대학 공부를 하고 신문 기자가 되겠다는 사람이 텔레비전 오락 프로그램에 나오는 사람을 글 앞에 쓰는 것을 보면 채점하는 사람 입장에서 힘이 빠지는 게 사실입니다. 대중문화를 무시해서 하는 말이 아닙니다. 적어도 신문 기자가 되겠다고 공부한 사람으로서 쓰는 글이라면 드라마 이야기 같은 걸로 시작하는 것은 피하는 게 좋지 않을까 합니다.

아마 언론사 준비하는 스타일이 비슷한 탓인지 서한문으로 쓰는 것, 그것도 가상 20~30년 후 누구에게 쓰는 편지글이 종종 보입니다. 제 취향일지도 모르겠지만 좀 낮이 간지럽습니다. 이런 글은 다른 논설위원들 이야기를 들어봐도 반응이 썩 좋지 않았습니다. 아예 콩트를 쓰시는 분도 있습니다. 그것도 좀 아닌 것 같고요. 글솜씨를 잘 발휘하면 좋겠지만 앞서 말씀드린 것은 삼가시는 게 좋을 것 같아 말씀드립니다.

05

새로운 시각과
의미를 전달하는
글쓰기

박수련(중앙일보 기자)

사람들에게 인상 깊은 내용을 전달하려고 하는 방법 중 하나가

핵심 키워드를 만드는 것입니다.

사람들이 쉽게 기억할 수 있는 말들을 만들어내는 것은 일종의 기법이지만

동시에 그 사안을 바라보는 핵심적인 통찰력을 보여줄 수도 있거든요.

저는 입사 후 수습기간이 끝나고 탐사기획팀, 교육팀에서 일을 했습니다. 중간에 잠깐 법조팀에서 일했고 지금은 보건복지, 여성 분야를 담당하고 있습니다. 9년째 기사를 쓰면서 우리가 흔히 '얘기되는 기사'라고 말하는 것이 중요한데, 이에 대한 평소의 생각을 죽 정리해보겠습니다. 교과서 내용 같지만 실제로 제가 기사를 발제하는 과정입니다.

이것이 뉴스인지, 어떤 의미가 담기는지, 그 근거는 무엇인지 이 세 가지 요건이 없으면 기사를 쓰기 어려워요. 이런 요소 그리고 선배들과의 상의를 통해서 기사의 크기가 정해집니다. 어떤 것은 큰 기사가 되기도 하고, 작은 박스 기사로 처리되기도 하지요.

많이 들었겠지만 '새로운 팩트'를 찾아내는 과정이 굉장히 중요합니다. 새로운 무엇인가를 찾아내는 과정이 재밌어야 좋은 결과를 얻을 수 있고 기자로서 성취감도 느낄 수 있습니다.

새로운 팩트를 찾아내는 과정에서 많은 생각을 하게 됩니다. 이것이 과연 사람들에게 뉴스로 제시할 가치가 있는 것인지 끊임없이 확인해야 합니다. 단순히 새로운 사실만 있다고 해서 기사가 되는 것은 아닙니다. 여기에 의미를 부여할 수 있어야 해요. 그렇지 않으면 기자는 눈 뜬 장님이나 마찬가지입니다. 새로운 사실을 독자들에게 어떤 의미를 담아서 기사화할 것인지 고민해야 합니다. 취재원과 대화하는 과정에서 끊임없이 내용을 정리하고 상대와 질문과 대답을 주고받는 과정에서 얘기가 되는 내용이 나오는 겁니다.

새로운 시각을 제시할 수 있는지, 새로운 아젠다를 세팅할 수 있는 파괴력이 있는지를 가지고 의미 부여를 할 수 있는 기사가 될 수 있는지 아닌지 판단하게 됩니다. 이런 것들을 생각하다 보면 기사 제목이 나옵니다. 기사 제목이 나오면 사실 기사를 다 썼다고도 하거든요. 그다음에 사례나 통계 같은 근거를 찾아서 기사를 뒷받침할 수 있는 주변 요소들을 찾는 거죠. 데이터 마이닝 같은 기법이 기사에서 많이 활용이 되는데 요즘 통계를 인용하는 사례가 굉장히 많아요. 이것을 잘 활용할 줄 아는 사람에게는 새로운 사실을 발견할 수 있는 보고가 되지만 단순히 통계 수치만 갖고 쓰면 공급자 위주의 기사가 되는 것입니다.

글쓰기 스타일이란 단순히 문체나 자기 개성을 드러내는 기법은 아닙니다. 팩트가 살아 있는, 의미가 담겨 있는, 얘기되는 기사가 기본이 될 때 여기에 다른 기법을 집어넣을 수 있다고 생각합니다. 핵심 메시지가 있는 기사인지 아닌지는 기사를 쓰기 전에 판단이 서거든요. 이런 메시지가 없으면 독자 입장에서 재미가 없는 기사가 됩니다. 기사는 보도자료가 아니거든요. 기자가 새롭게 발견할 수 있는 요점을 찾는 게 유능한 기자의 조건이라고 생각합니다.

먼저 제가 기사 쓰는 과정을 말씀드리겠습니다. 가장 핵심적인 것은 콘텐츠입니다. 그다음에는 전략적 판단인데요. 그중에서 날마다 가장 중요하게 생각하는 것은 어떤 유형의 기사인지, 신문에서 어떤 지면에 배치될지입니다. 거기에 따라 글 쓰는 스타일이나 내용을 구성하는 방법도 달라지기 때문입니다. 신문사에선 오전 12시쯤이면 지면 계획이 결정됩니다. 사회 1면일지, 종합 1면일지 아니면 '킬' 될지…… 오전 편집국 회의에서 결정이 되는데 보통 밥 먹으러 가기 전에 출고 계획이 결정이 되면 거기에 맞게 준비를 하는 겁니다. 오후 시간 운영을 어떻게 할지도 계획을 짜게 되지요.

지면의 중요도를 따지자면 1면에 나갈 기사, 종합면에 낼 기사들은 우리 신문의 얼굴이 되는 것이라 더 신경을 쓰죠. 특히 〈중앙일보〉는 2009년 3월 기존 대판의 70% 크기인 베를리너판(가로 323㎜ * 세로 470㎜ 크기의 신문 판형)으로 판형을 바꾼 이후 지면에 들어갈 수 있는 물리적인 기사량이 줄었습니다. 그만큼 지면에 기사를 싣기 위한 내부 경쟁은 더 치열해졌습니다. 편집국 회의에서 발제되는 기사들이 모두 지면에 나갈 수 없기 때문에 일단 내부 경쟁에서 이겨야 하는 게 중요합니다. 또 하나는 타사 기자들과 똑같은 자료를 보고 쓰더라도 더 압축적으로 표현해야 하기 때문에 독자들에게는 짧은 듯 보이지만 그 전보다 기사의 공정과정이 더 복잡해지고 기자들도 더 많은 고민을 하게 되는 것 같습니다.

담는 그릇에 따라 스타일도 많이 달라집니다. 정통 스트레이트 기사에는 팩트가 가장 중요하고 분석 기사를 쓸 때는 사실에 대한 분석과 해설, 전망이 들어가겠죠. 제 기사 중 하나를 예로 들자면 '가벼운 우울증 정신병서 뺀다'라는 제목의 기사입니다.

• • •

올해 안에 가벼운 우울증 환자 110만여 명은 법률상 정신병 환자에서 제외된다. 전체 정신질환자 577만 명의 20%에 해당한다. 이렇게 되면 가벼운 우울증을 앓아도 의사 · 약사 · 영양사 · 의료기사 · 조종사(배) 등의 전문직종에 진출할 수 있게 된다. 민간보험 가입도 쉬워진다. 보건복지부 고위 관계자는 9일 "올해 안에 정신보건법을 개정해 환청 · 망각 같은 심한 정신병적 증상을 보이는 사람만 정신질환자로 분류하기로 했다"며 "우울증은 선진국에서 누구나 걸릴 수 있는 '마음의 감기'로 보는데 한국은 '정신병'으로 낙인찍어 치료를 기피하고 사회활동에 심각한 제약을 받고 있어 법을 고치려는 것"이라고 말했다. 또 민간보험사에 정신질환자 가입을 거부한 사유를 입증할 의무를 부과하기로 했다. 복지부는 이런 내용을 담은 종합대책을 이달 안에 내놓을 예정이다.

지금은 정신질환의 범주가 매우 넓다. 정신병에다 인격장애 · 알코올중독 · 약물중독 등을 포괄한다. 이 범주(질병코드 F)에 속하는 질병이 400여 가지에 이른다. 요즘 급증하는 아동의 주의력 결핍 과잉행동장애(ADHD)도 여기에 들어갈 정도다. 심한 정신분열증(조현병)이나 가벼운 우울증이나 똑같이 '정신병자'로 분류된다. 이 때문에 국가공무원법 · 의료법 등 77개 법에서 정신질환자의 면허증 · 자격증 취득과 취업을 제한하고 있다.

직장 생활에도 큰 지장을 받는다. 서울의 한 고교 교사인

A(여 · 35)씨는 "아이를 죽이고 싶다"고 말할 정도로 심한 산후 우울증을 앓았다. 휴직 기간에 완치됐지만 학교에 소문이 돌면서 왕따를 당해 결국 학교를 그만뒀다. 민간보험사들도 정신질환자의 보험 가입을 거부하거나 보험금을 지급하지 않는다. 이런 사회적 분위기 때문에 한국의 자살률은 경제협력개발기구(OECD) 회원국 중 최고 수준(10만 명당 31.2명)인 반면 정신질환 치료율(15.3%)은 절반에도 못 미친다.

그래서 복지부는 환청, 망각, 심한 기분장애, 비논리적 행동의 지속적 반복 등 주요 중증 정신질환 증세를 보일 경우만 정신질환자로 분류할 방침이다. 또 최근 유명 연예인들이 많이 걸린 공황장애, 불안장애, 불면증 등의 정신질환도 중증 환자만 남기고 대부분은 법률상 정신질환자에서 빼기로 했다.

서울대 의대 김윤(의료관리학) 교수는 "감기와 비슷한 질병인 우울증에 더 이상 주홍글씨를 찍어 차별해서는 안 된다"며 "법 개정을 계기로 드러내놓고 정신과 치료를 받도록 후속 대책이 나와야 한다"고 말했다.

_ 중앙일보, 2012년 5월 10일

· · ·

내가 지키는 글쓰기 원칙

요즘 자살이 굉장히 문제가 되잖아요. 그 원인을 찾아본 결과 우울증이 주된 이유였습니다. 그런데 우울증 환자들이 왜 치료를 잘 받지 못할까 의문을 갖고 찾아 들어가 보니, 각종 법률에 따라, 사람들은 우울증 치료를 받은 것만으로도 불이익을 받게 돼 있었습니다. 이를 복지부가 개선을 하려고 한다고 하는데 어떻게 개선을 할 것이냐를 알아 보니 '정신질환에서 가벼운 우울증을 빼주겠다'는 것이었어요. 내용이 새로운 팩트죠. 이 기사는 방금 말씀드린 새로운 사실이 1면에 들어가고 안쪽 지면에는 후속기사가 들어가요. 어떤 것이 우울증 치료로 인한 사회적 차별인지, 어떤 치료를 받고 있는지가 추가되죠. 이런 기사를 쓰면 1면에 싣는 기사와 안에 들어 있는 분석 기사의 성격이 달라지게 됩니다. 1면은 공간이 굉장히 제약되거든요. 원고지 5~6장 안에 내가 얘기하고 싶은 모든 정보를 다 담을 수는 없어요. 그럼 어떤 우선순위로 정보를 배치할 것인지 생각해야 합니다.

다음으로, 기자들이 많이 쓰는 게 기획기사예요. 이게 일회성이 되기도 하고 시리즈가 되기도 합니다. 제가 오늘 아침에 썼던 것인데 '일본의 은퇴 베이비부머들인 단카이 세대가 한국 한의원에 몰려온다'는 것을 사회면에 썼어요. 이것은 어제 보건복지부가 발표한 해외 환자 작년에 얼마나 유치했는지 실적자료를 바탕으로 제가 주제를 뽑은 거예요. 다른 신문 조간에는 대부분 작년 환자 12만 명 왔다갔다 여기에 그쳤어요. 그런데 여기서 멈추면 그냥 보도자료 수준이 되는 것이고 여기에서 새로 찾아낼 수 있는 의미는 무엇인지를 알리는 것이 1회성 기획기사가 되는 것입니다. 여러분도 신문을 읽다 보면 사례나 현장 스케치를 붙이고 통계나 팩트, 발생 원인을 묶은 기획기사를 많이 보게 될 겁니다. 사실 사례나 현장 스케치를 붙이면 기사를 쓰기 편한 측면이 있어, 이런 유형이 반복되는 것이기도 한데요. 독자들에게도 익숙한 방식이라 이런 형식이 많이 사용되고 있습니다.

통계와 새로운 트렌드를 이용해 장기 시리즈를 구성하기도 합니다. 지난해 대학 등록금 문제가 한창 불거졌을 때 〈중앙일보〉가 전무후무한 10회 시리즈를 냈어요. '등록금 내릴 수 있다'. 이 기획기사를 쓰면서 품이 많이 들었는데 우리나라 등록금과 대학재정 관련한 거의 모든 통계를 다 뒤졌어요. 각 회마다 주제를 정했는데 새로운 내용으로, 큰 주제에 수렴하도록 쓰긴 했지만 이 기사 안에는 우리 대학 등록금이 어떻게 결정되고 쓰이고 있는지 내용을 모두 담았어요. 현장 스케치와 사례뿐 아니라 다양한 경우의 수를 고려한 분석도 들어가 있습니다. 다양한 기획기사의 한 유형입니다.

인터뷰는 인터뷰 기사라고 문패를 달고 나가는 기사도 있지만 모든 분야에서 기자가 날마다 하는 일이 인터뷰입니다. 그중에는 한 사람을 깊게 다루는 유명인 인터뷰 기사도 있지만 신문에 한 줄이 들어가도 한 인터뷰이와 최소 30분 이상 대화를 하거든요. 인터뷰가 기사 쓰기의 기본 중 기본입니다.

인터뷰 기사라고 문패를 붙이는 경우는 한 사람의 삶을 다 들어보고 특정 부분에 돋보기를 들이대는 거잖아요. 최근 입양의 날을 맞아 한 할머니를 인터뷰했습니다. '사람 면'에 인터뷰 기사를 썼는데, 그 할머니는 50년 동안 입양될 어린이들의 신체검사를 한 분이에요. 보도자료에서 이분이 국민훈장을 받는다는 내용을 읽고, 이 사람을 어떻게 포장을 할 것인가 생각해보다가 이분이 50년간 입양아들을 지켜보셨다면 한국전쟁 이후 한국 입양의 역사를 다 알고 있겠다고 생각했습니다. 이분이 한국전쟁 이후 입양을 어떻게 생각하는지 중점적으로 다뤄야겠다는 판단을 했습니다. 기자가 인터뷰를 하더라도 그 사람 삶 전체를 다 담을 수는 없기 때문에 내가 독자들에게 전하고 싶은 특정 부분이 무엇인지를 끊임없이 생각해야 합니다. 그 외에 연예인이나 문화계 인사들을 만나기 전에는 그 사람의 활동 내용, 작품에 대해 미리 알고 연관시켜 기사를 써야겠죠. 인터뷰는 기사 쓰기의 기본이기도 하지만,

어렵기도 하고 잘 쓰기가 쉽지 않은 분야라는 생각이 듭니다.

명칼럼니스트가 되는 길, 좋은 칼럼을 독자 입장에서 읽을 수 있는 기회도 많지 않은 게 사실입니다. 〈중앙일보〉는 최근 명칼럼니스트를 키우겠다는 생각으로 지면에 변화를 주는 방식을 새롭게 도입했습니다. 예전에는 평기자가 쓰는 '취재일기'가 종합면에 있었어요. 그런데 저희가 오피니언 면을 네 개 면으로 늘리면서 기자의 '취재일기' 코너를 따로 만들었어요. 그만큼 '취재일기'를 격상시킨 면도 있고 젊은 기자들에게 명칼럼니스트에 도전해볼 기회를 준 것이죠. 누가 몇 번 쓰는지를 따지고, 가장 반응이 좋은 '취재일기'를 쓰는 기자에게 상도 주겠다고 합니다. 기자에게 취재를 잘해서 기사를 쓰는 것도 중요하지만 스스로 자기가 기명칼럼을 쓸 수 있을 정도의 기자가 되고 싶다면 '취재일기'를 잘 쓰라는 것이죠. 그래서 젊은 기자들도 자기 이름과 얼굴을 알리고 쓰는 것이라 열심히 공을 들여서 쓰고 있습니다.

그런데 이게 참 쉽지 않은 게, 기사처럼 쓰면 안 되고, 그렇다고 개인적인 일기처럼 넋두리만 늘어놓아서도 안 된다는 것입니다. 그러려면 팩트도 있어야 하고 비평도 있어야 하거든요. 저도 올해 들어 5~6번 썼는데 아직 확실한 답을 찾지는 못했어요. 다만 취재일기가 어느 특정 대상을 서늘하게 비판할 것인지, 아니면 감정

내가 지키는 글쓰기 원칙

에 호소할 것인지, 정책적 대안을 제시할 것인지에 따라서 기자가 접근하는 방식이나 문체가 달라지는 것 같습니다. 예를 들어 최근에 제가 어린이집 비리에 대한 취재일기를 썼는데 보도된 이후 전국의 어린이집 원장들에게 엄청난 항의 메일과 전화에 시달렸어요. 특정 대상과 그들의 부정을 비판해야겠다고 작심하고 썼기 때문에, 제가 봐도 좀 강하게 썼습니다. 그런 각을 세워야 할 때, 목적이 무엇인지에 따라 접근하는 방식이 다른데 이 경우는 특정 대상에 대한 잘못을 밝혀내고 비판하는 논조였기 때문에 강하게 쓰게 됐습니다.

부장이나 차장급 기자들이 쓰는 칼럼으로는 '노트북을 열며', 누구의 '시시각각', 기명칼럼 등이 있습니다. 이 과정이 명칼럼리스트가 되는 등단과정인데요. 저는 타사 기자들의 칼럼도 열심히 보는데 제가 개인적으로 좋아하는 분이 저희 〈중앙일보〉의 권석천 논설위원, 이철호 논설위원입니다. 이 분들의 칼럼은 기자가 봐도 필사하고 싶을 정도로 훌륭합니다. 팩트가 있고, 자기만의 시각이 있어서 사람들이 못 보는 새로운 시각을 보여주고 문제제기를 하는 부분이 굉장히 많아요. 특히 칼럼을 그냥 앉아서 쓰지 않으시는 것 같아요. 책 뒤져서 문구를 인용해서 쓰는 게 아니라 현장취재를 해서 쓰십니다. 이것을 칼럼 말고 기사로 쓰면 더 파급력이 있었겠다 싶은 것들도 많구요. 결국은 그 안에 무엇을 담을 것인지가 가장 중요하다고 하는 거죠. 기자의 칼럼은 취재에 바탕을 둔, 새로운 사실, 남들이 빠뜨렸던 것을 짚어주는 것이어야 한다고 생각합니다. 그래야 독자들에게 인상 깊게 전달될 수 있고요. 사내에서도 이런 글들이 평가가 굉장히 좋습니다. 칼럼니스트 상을 주는데 이분들은 연달아 받기도 합니다.

다음 말씀 드릴 것은 내러티브형 기사인데요. 〈중앙일보〉가 처음 시도를 했고 요즘에는 타사에서도 점점 이런 기사가 많아지고 있습니다. 참 어려운 기사 형식이고, 잘 쓰려면 엄청 노력이 많이 들어가는 양식입니다. 신문에서 지면은 소중하기 때문에 한 기자에게 많이 내주기 쉽지 않은데요. 그만큼 사전 검증 과정이나 발제 회의를 통과하기 까다로운 양식입니다. 내러티브를 쓰려면 자신의 필력과 스토리 구성 능력이 있어야 합니다. 인터뷰 기사의 또 다른 면인 것 같은데 어떤 특정 인물 또는 사건을 재구성하는 것이죠. 기자 개인의 구성능력이 굉장히 중요하기 때문에 함부로 지면을 할애하면 유치한 단편소설 같은 느낌을 낼 수도 있어요. 그래서 진지하기도 해야 하고 그 안에 여러 가지 의미가 담겨야 되고, 인물 자체도 얘기가 되는 사람이어야 합니다. 무엇보다 기본은 취재력이 바탕이 돼야 한다는 것이죠. 다시 말해 팩트가 바탕이 되어야 합니다.

예를 들어 제가 탐사기획팀에 있을 때 이규연 선배랑 같이 진행했던 것이 있습니다. 입사한 지 1년차일 때 '루게릭 눈으로 쓰다'라는 5회 분량의 기획기사 제작에 참여했습니다. 그해 연말에 굉장히 새로운 시도라고 평가받아서 한국기자상도 받고 했습니다. 루게릭 환자 박승일 씨의 삶을 몇몇 키워드를 통해 완전히 재구성한 거예요. 사랑, 희생, 이런 키워드를 잡아서요. 읽어보시면 아시겠지만 당시만 해도 누군가의 삶을 소설처럼 들어가서 묘사해 쓰는 방식은 파격적인 시도였어요. 2010년에는 다문화 가정, 이주여성에 대한 내러티브 기사를 저희 신문에서 쓴 적이 있습니다. 지금은 국회의원이 된 이자스민 씨의 삶에 대해 저희 선배 중 한사람이 소설처럼 썼어요. 기자가 정말로 취재원과 친밀한 관계가돼야 나올 수 있는 이야기를 썼기 때문에 굉장히 좋은 반응을 얻었던 기사예요.

저희가 토요판을 개편하면서 새로운 지면을 구성하고 '사람 속으로'라는 코너를 만들었어요. 어떤 기자가 발제한 것이냐에 따라서 내러티브가 될 때도 있고 안 될 때도 있는데, 2012년 3월에 저희 보건복지팀에서 쓴 기사는 암환자들의 삶에 대해서 접근해본 내러티브형 기사였습니다. 솔직히 저도 거의 매일 스트레이트나 일반적인 형식의 기사를 주로 쓰다가 이때 내러티브형을 쓰려니 참 쉽지는 않았습니다. 누군가의 삶에 완전히 뛰어 들어가야 하니까요. 정말 자신의 문제보다 더 많이 고민하고 그 사람의 삶에서 어디를 보여줄 것인지 장면을 끌어내야 되니까 고민이 더 많이 됩니다. 많이 써도 기사 한 꼭지당 2000자, 10장 정도인데 이것은 거의 5000자를 썼어요. 이 정도 분량이면 신문 두 면을 다 채울 분량입니다.

앞서 제가 '기사를 어떻게 쓰느냐는 기사를 담는 그릇에 달려 있다'고 했는데요. 요즘에는 어떻게 기사 내용을 시각화해서 보여줄 것인가가 점점 중요해집니다. 예전에는 그냥 취재를 잘해서 기사를 쓰면 된다고 생각했거든요. 그런데 요즘에는 그래픽이 안 달린 기사들이 거의 없어요. 기술적으로 시각화해서 보여주는 그래픽 전문 기자가 따로 있지만 포맷을 어떻게 해서 보여줄 것인가는 취재기자에 달려 있는 거거든요. 요즘에는 기사 본문 이상으로 중요해져서 기사보다 더 빨리 송고해줘야 돼요. 그래픽을 정리하다 보면 '아, 기사에서 내가 전달하려는 게 무엇인지'가 정리됩니다. 핵심이 분명하지 않으면 그래픽을 만드는 데만 많은 시간이 소요되거든요. 기사에서 쓰고자 하는 팩트가 무엇이고 어떤 시각을 전달할 것인지가 분명하면 그래픽이 명확해지죠. 그리고 사실 독자들이 제목과 그래픽만 보고 지나치는 경우도 많거든요. 그래서 기술적으로나 현실적으로 그래픽은 지면을 구성하는 핵심적인 요소입니다. 2차원 평면인 신문 지면에서 메시지를 전달해야 하는 기자에게 내용을 시각화하는 능력은 점점 중요해지는 것이 사실입니다.

여기서 이제 통계나 데이터를 처리하는 능력이 드러납니다. 저는 교육이나 보건복지 같은 정책 분야에서 주로 일해오다 보니 자료를 많이 접하게 되는데요. 공급자가 주는, 보도자료에 있는 것을 그대로 옮기는 것은 진짜로 불친절한 기사입니다. 그 안에서도 통계의 의미를 짚어낼 수 있는 능력이 중요합니다. 사람들이 기사를 읽고 싶게 만들려면 그래픽에 제목을 다는 것부터 그 내용까지…… 많은 것들을 생각해야 합니다.

다음은 아주 현실적인 문제인데요, 마감 시간을 잘 지켜야겠죠. 예를 들어 오늘 마감을 해야 될 게 있다고 하면 신문사에는 강판 시간이 있어요. 기계로 신문을 찍어내는 마지막 순간을 저희가 강판이라고 하는데 시간이 점점 일러지고 있어요. 기후 변화에 따라, 폭설이 내리거나 하면 강판 시간이 오후 3~4시가 되기도 해요. 보통 초판 강판 시간이 오후 5시인데 저녁 12시까지 총 서너 번의 업데이트 기회가 있습니다. 초판 마감을 잘 지키는 게 굉장히 중요해요. 공정과정에서 초판 마감을 지키지 않으면 그다음 과정에 문제가 생기기 때문이에요. 마감 압박을 생각하면서 자기가 계획을 잘 짜야 하죠. 마감 시간을 지키지 못하면 데스크에게 혼날 뿐만 아니라 지면을 다른 기사에 빼앗길 수도 있어요.

후배가 기사를 쓰면 부장이나 윗선에서 수정을 보는 경우가 많아요. 저는 이것이 당연한 과정이라고 생각합니다. 아직은 혼자 기사를 완벽하게 쓸 능력이 부족한 수습기자나 젊은 기자들을 훈련시켜서 키워가는 게 우리나라 언론의 교육 방식이거든요. 신문에서는 부장이나 차장의 역할이 굉장히 중요해요. 완벽한 기사라는 상품을 만들어내려면 그만한 공정과정이 필요하거든요. 그런데 이때 부장과 내 생각이 다를 경우, 내 생각대로 관철시키는 것도 하나의 능력이에요. 협상의 기술인 셈이죠. 나중에 언론사에 입사한다면 여러분이 자신의 의견이나 생각을 윗선에 부드럽게, 잘 관철시키는 대화의 능력이 굉장히 중요합니다. 언론사뿐만 아니라 모든 사회생활에서도 그렇죠.

기사 메모라고 하는 게 있습니다. 아침 9시 반 정도까지 자기가 쓸 것을 발제하는데, 이날 자기가 무엇을 쓸 것인지에 대해 500자 안팎의 메모를 하거든요. 그 메모를 어떤 식으로 요약을 하느냐, 어떤 제목을 붙이느냐에 따라 내 기사가 1면에 팔릴 수도 있고 아닐 수도 있습니다. 사실 메모를 잘하면 기사를 상당 부분 썼다고 생각해요. 기사를 쓸 때 아침에 썼던 메모를 다시 보거든요. 이것을 다시 보고 그 위에 기사를 쓰기 시작해요. 기사 메모에 핵심도, 팩트도 들어 있기 때문에 메모를 잘 쓰는 게 기사의 절반을 쓰는 것과 같아요.

이때 제목을 잘 잡아야 해요. 저희가 사회복지 제도의 문제점을 지적한 기획기사에서는 제목을 '79만원의 함정'이라고 잡았는데, 일단 제목에서부터 사람들의 호기심을 불러일으키잖아요. 79만원이 어떻게 나온 수치인지, 왜 함정인지 궁금증을 유발하는 제목입니다. 제가 잘 뽑은 제목이라고 생각하는 이유는 저 안에 사회복지의 다양한 문제점이 들어 있고 독자의 호기심을 자극할 수 있다는 점 때문입니다. 이런 제목은 편집국 안에서 내부 지면 경쟁을 하는 데도 도움이 많이 됐어요. 온갖 통계와 전문가 이야기를 들은 것을 머릿속으로 재구성해서, 어느 것을 앞에 배치할지 구성을 정하는 게 기사 쓸 때 첫 번째 하는 일입니다.

리드 쓰는 게 어려운 것 중에 하나예요. 제일 쉽게 쓰는 방법은 사례로 시작하는 것입니다. 기자가 현장에 처음 갔을 때 몇 월 며칠 어디 이렇게 하는 방법도 있구요. 주요 인물의 코멘트로 시작하는 것도 되구요. 이런 기사가 독자에게도, 쓰는 기자에게도 쉬워요. 그러다 보니 처음에 스케치나 사례로 시작해서 통계가 나오고 전문가 분석, 코멘트 대안을 쓰는 게 유형화된 측면이 있습니다. 자꾸 이렇게 쓰다 보면 식상하게 돼요. 그래서 이런 방법 외에 어떤 것이 있을지 늘 고민하게 됩니다. 그냥 단도직입적으로 기사를 시작해도 괜찮을 것 같아요. 문제제기를 직접적으로 한다든지요. 정답은 없지만 새롭게 시작하는 것을 고민하는 게 좋고 부장과 협의해보는 게 필요하죠. 끊임없이 새로운 게 나와야 하는 부분이고 저도 타사 기자들의 기사들을 늘 참고하고 고민하죠. 여러분들이 많이 분석하고 비평해서 새로운 리드 스타일을 계발하시는 것도 좋을 것 같습니다.

리드를 다 쓰고 나면 어떻게 정보를 배치할 것인가가 고민되는데 중요하고 강조하고 싶은 것을 앞에 배치를 하죠. 근데 이때 생기는 유혹은 내가 가장 강조하고 싶은 것을 위주로 몰아가고 싶다는 것입니다요. 의도적으로 한쪽의 사실은 무시하게 된다든지요. 그런데 이것이 한 사건이나 대상을 설명할 때 왜곡을 불러일으키면 안 돼요. 기자가 기사를 쓸 때 균형감을 잃지 않는 게 중요합니다. 그리고 기사 뒷부분에 코멘트를 붙이는데 대학 교수나, 공무원, 연구원들 멘트를 따는 게 현실적으로 쉬운 방법입니다. 한데 그것도 공급자 위주의, 책상머리에 있는 사람들 얘기를 듣는 것이

내가 지키는 글쓰기 원칙

기 때문에 사회를 입체적으로 보여주는 데 한계가 있다고 생각합니다. 저는 이런 전문가 멘트도 중요하지만 가능한 한 현장에 있는 사람들의 이야기를 많이 쓰려고 합니다. 사실 사회복지 분야에서는 동주민센터 사회복지사나 분야별로 수요자가 되는 사람들 얘기를 기사로 쓰다 보면 더 생생합니다. 저희가 주로 취재하면서 만나는 사람들은 전문가들이 많아요. 박사나 연구원이요. 그분들과 얘기할 때는 압축적이고 요약된 정보들을 쉽게 얻을 수 있지만 현장 얘기는 부족하거든요. 저는 그런 사람들보다는 밑바닥 현장 얘기를 많이 듣는 게 좋다고 생각합니다. 새로운 사실들을 오히려 더 많이 들을 수 있거든요. 그럼 기사가 더 생생해지고 사람들에게 공감을 얻을 수 있는 얘기를 발굴할 수 있습니다.

마지막으로 개인적으로 지켰으면 좋겠고 저 또한 지키려고 노력하는 것을 말씀드리겠습니다. 하나는 문장의 길이에 관한 것이에요. 기사나 칼럼을 잘 쓰는 분들을 보면 짧으면서도 개성 있는 문장력을 갖추고 계시는데 저는 무조건 짧기만 해서는 안 된다고 생각해요. 사실 지면의 제약이 있고 독자들도 긴 글을 지루해하기 때문에 자꾸 짧은 것을 강조하게 되는데, 저는 짧고 길고, 굵고 가는 문장들이 적절히 섞여 있어야 한다고 생각합니다. 문장의 호흡을 잘 맞춰서 자기가 구성하는 게 중요합니다. 자기가 화면으로

본 것과 출력해서 소리 내서 읽어보면 달라요. 문장을 다듬는 데 도움이 되는 것 같습니다. 또 어휘를 다양하게, 쉽게 사용하는 것도 중요합니다. 분야별로 보면 자주 쓰는 어휘가 있어요. 복지 같은 경우는 급여, 수가 같은 전문용어들이 있지요. 전문가들이 쓰는 용어들을 기자들도 그대로 받아쓰는 대신, 쉬운 말로 바꿔 쓰고 새로운 말을 쓰려고 의도적으로 노력합니다.

사람들에게 인상 깊은 내용을 전달하려고 하는 방법 중 하나가 핵심 키워드를 만드는 것입니다. 특히 칼럼이나 취재일기 같은 걸 보면 내용 자체도 중요하지만 내용이나 사안을 핵심적으로 요약하는 조어들이 있어요. 이런 게 기사를 쓸 때도 필요해요. 제목을 달 때도 필요하고. 사람들이 쉽게 기억할 수 있는 말들을 만들어 내는 것은 일종의 기법이지만 동시에 그 사안을 바라보는 핵심적인 통찰력을 보여줄 수도 있거든요. 그런 키워드가 필요하죠.

저는 개인적으로 비평을 하고 각을 세우는 글을 좋아해요. 신문 기자나 언론이 할 수 있는 핵심적이고 기본적인 역할이 그런 것이니까요. 균형감을 잃지 않아야겠지만 다른 기사들과 차별화될 수 있는, 각이 있는 글을 쓰려고 합니다. 더 비판적으로 읽힐 수 있는 단어들, 문장들을 고민하고 그런 글들을 읽으면서 제 글을 다듬고 있습니다.

종합 일간지 기자 경력 9년차인 제게 최선의 글쓰기란 저보다 경험의 폭과 안목이 깊은 선배들에 비하면 여전히 부족하고, 다듬어야 할 것이 더 많습니다. 다만, 제가 기자로서 지키려고 하는 가장 기본이자 핵심적인 원칙이라면 '수면 아래 잠겨 있는 팩트를 찾아내자'는 것입니다. 그러려면 현장에서 발로 뛰며 가장 싱싱한 뉴스거리를 건져 올려내고, 평범해 보이는 자료를 뒤집어보거나 다른 시각으로 분석해 뉴스를 발굴하는 능력이 필요하지요. 이런 취재를 바탕으로 얻어진 팩트가 견고하고 단단할 때 담는 그릇에 맞게 기사를 가공하고 편집하는 능력도 힘을 발휘할 수 있습니다.

A 요즘 신문사 들어오는 친구들 보면 스펙이 굉장히 화려해요. 어떤 친구는 대여섯 개 되는 언론사에서 인턴기자를 해보기도 했더라고요. 참 많은 활동을 하면서 살았다 싶긴 한데, 좀 아쉬운 게 있어요. 너무 경력에 대한 스트레스가 심한 것 같아서요. 폭넓게 이것저것 다양하게 경험한다기보다는 그저 이력서에 써내야 할 내용들을 쌓으려는 생각은 아닌지 싶습니다. 자기가 관심 있는 분야가 확실하고 실제로 삶에서도 그런 열정을 보여준 친구들이 입사 과정에서도 좋은 평가를 받고, 들어와서도 잘한다는 평가를 받아요. 특히 언론학을 배우는 친구들은 이게 전공이다 보니까 다른 전공자들보다 어찌 보면 전문 분야가 약하다고 볼 수도 있어요. 언론 전공자라면 다른 전공에도 관심을 갖고 전문 분야를 스스로 찾아서 학회에 들어가서 공부한다던가 하면 좋을 것 같아요. 또, 꼭 어딘가 이미 만들어진 조직에 들어가려고만 하지 말고 자기가 스스로 만들어볼 수도 있잖아요. 요즘엔 그런 기회도 많이 있잖

아요. 스스로 조직을 만들어서 하는 것도 좋을 것 같구요. 저희 회사에도 기자들의 능력을 올려보자고 해서 학습 조직을 만들어서 운영하는데 저도 하나 만들었어요. 만들어서 하면 훨씬 주도적으로 이끌어갈 수 있고 전문가들을 초청해서 이야기 듣기도 훨씬 수월해요. 기자가 되고 싶다면 뭔가 추진해보는 것도 좋구요. 자기가 뭔가 주도적으로 살아왔다는 것을 보여주면 좋을 것 같습니다.

Q 입사 시험을 준비하실 때 구체적으로 어떤 준비를 하셨나요?

A 큰 골격은 예나 지금이나 변하지 않았을 것 같아요. 자기소개서 쓸 때 콘텐츠가 없으면 정말 쓰기 어려운 것 같아요. 뭔가 없는 것을 억지로 포장해서 쓰면 심사위원들한테 다 보이거든요. 한 분야에서 정말 열정을 불태워본 적이 있는지, 여기저기 기웃거리기만 했는지 다 알 수 있어요. 여기에 특별

한 비법은 없는 것 같아요. 원칙적인 말이지만 주어진 시간에 기자가 정말 되고 싶은 사람이라는 것을 보여줄 수 있게 해야 하는 것 같아요. 저는 대학에서 웹진 활동을 했습니다. 대학 1학년 때부터 꾸준히 기사를 썼고요. 지금 생각해보면 부족하긴 했지만 도움이 많이 됐습니다. 그때 인터뷰 기사 쓴 것을 보면 지금보다 나은 것도 있는 것 같아요. 그만큼 열심히, 절실한 마음으로 했으니까요. 대학생들이 만든 웹진에 불과했지만 당시에 저희는 '우리가 프로'라는 생각을 갖고 했거든요. 그때 열정을 다했던 경험이 지금 기자생활을 하는 데도 큰 뿌리가 되고 있습니다. 자기소개서에 물론 이런 부분들이 들어가는 거죠.

언론사 전형 중 실습 시험도 있는데요. 그런 실습 과정에서 하는 시험은 특별한 왕도가 있는 것은 아닙니다. 대학생 때 언론 관련 수업을 들으면서 기사를 써볼 기회가 많잖아요. 그때 숙제가 아니라 진짜 시험 본다 생각하고 제대로 성의껏 써보는 게 중요한 것 같아요. 그것 말고는 다른 게 특별히 없는 것 같습니다.

내가 지키는 글쓰기 원칙

Q 기사를 읽다 보면 취재원들을 '관계자'라고 표시하고 인용하는 경우가 굉장히 많습니다. 굳이 숨기지 않아도 될 것 같은 내용인데도 그러는 이유가 무엇인지요?

A 언론사마다 조금씩 다를 것 같은데요. 저는 관계자라는 말을 많이 안 쓰려고 노력합니다. 다만 그 얘기를 해준 취재원이 위험하거나 곤란해질 수 있을 때는 사용하기도 합니다. 교과서대로 하자면 신원을 밝히고 쓰는 게 맞는데 현실적으로 내가 이 얘기를 씀으로써 그 사람이 불이익을 받거나 할 경우는 관계자로 써요. 관계자라고 썼어도 사실 그 분야에 있는 사람들은 누군지 아는 경우도 많거든요. 저희 신문사 같은 경우는 검찰 기사를 제외하고는 웬만하면 관계자라는 말을 잘 사용하지 말자는 원칙이 있습니다. 우리나라 검찰 기사 같은 경우는 대부분 수사 과정에서 일어나는 얘기가 많이 발제가 되는데, 이런 경우는 수사 과정에 있는 것을 노출해야 하기 때문에 불가피하게 취재원을 보호해줘야 하는 측면이 있습니다.

06

취재력에
바탕을 둔
내용에 충실한
글쓰기

이준희(한국일보 논설위원)

글쓰기는 참 쉽습니다. 취재하기가 어렵지요.

제가 쓰는 글쓰기는 정보의 배열입니다.

잔뜩 취재하고 정보를 모아놓고서는 배열하는 겁니다.

원래 저는 글을 되게 못 쓰는 사람입니다. 대학 다닐 때 학보에 글 한번 실리는 게 소원이었는데 한 번도 못 실렸어요. 여러 번 기고를 했는데도 말이죠. 그래도 다행히 희한하게 기자가 돼서는 글 못 쓴다는 얘기 못 들어봤어요. 글 잘 썼다고 상도 받고 그랬죠.

글쓰기에 대해 많은 사람들이 오해를 하고 있는데, 글은 '어떻게 쓰느냐'가 중요한 문제가 아니라고 생각합니다. 그 글에 '뭐가 담겼느냐'가 중요하지요. 특히 저널리즘적 글쓰기에서는 문장을 잘 쓰고 못 쓰고 하는 것은 별로 중요하지 않아요. 그 안에 뭘 담을 수 있는지가 우선이지요. 기자가 쓰는 글쓰기는 리포트입니다. 어떻게 예쁘게 포장하느냐가 중요한 게 아니라는 겁니다. 대신에 노력이 필요합니다. 기자 글에서는 정보가 가장 많이 담긴 글이 제일 좋습니다. 저는 수습기자를 교육시키는 일을 많이 했는데 그때도 절대 글을 잘 쓰는 법을 가르친 적은 한 번도 없습니다. 취재하는 법을 강조했지요.

제가 썼던 기사를 하나 소개하겠습니다. 예전에 사회부장을 마치고 지면을 하나를 얻어서 내 맘대로 글을 써보겠다고 해서 연재한 글 중 하나입니다. '세상 속으로'라고 여행 다니며 쓴 글인데 한번 읽어보시기 바랍니다.

• • •

산등성이가 병풍처럼 이어져 마을을 둘러 안은 곳. 그 마을이 내려다보이는 언덕에 작은 역사(驛舍)가 동그마니 올라앉았다. 경북 봉화군 소천면 임기2리에 있는 임기역(林峙驛)이다.

봄기운은 어느새 산간에도 스며들어 봉우리 사이 좁은 하늘에서 내리쬐는 한낮의 햇볕은 벌써 나른하다. 대합실은 텅 비고, 역 앞 마을 오솔길에도 인적이 끊겼다. 살랑 스치는 바람소리에도 고개가 돌아갈 만큼 사위는 한없이 조용하다. 간혹 적막을 깨는 것은 무심히 지나는 열차 뿐. 그러나 여기서는 기적도 낮고 얌전하다. 고요한 산중에서 들리는 기적소리만큼 애잔한 것이 또 있을까.

세상이 어지럽고 살아가는 일이 힘겨울 때면 문득 마음 속 고향처럼 선연히 떠오르는 곳. 젊은 날 한번쯤은 아련한 추억이 있었을 것만 같은 곳.

간이역은 그 이름만으로도 애틋하다. 임기역은 그런 곳이다.

동해 바다 푸른 파도가 발끝에 와 닿는 정동진역, 섬진강 아침 안개가 피어오르는 수묵화 같은 풍경 속의 압록역…. 그러나 임기역은 그 역들처럼 아름답지 않다. 그저 골짜기의 낡은 집 몇 채와 언덕배기 텃밭이 배경의 전부다. 그렇게 평범해서 오히려 간이역다운 곳이다. 거기 봄날 햇빛 속에 서서 하염없이 철길을 바라보노라면 난데없는 외로움에 눈물이 돈다.

겉으로 보이는 풍경은 고즈넉해도 정작 임기역 식구들은 한가로움을 즐길 틈이 없다. 역무원이라야 역장을 포함해 고작 6명. 24시간 교대근무를 하니 근무 인원은 늘 3명뿐이다. 임기역은 영주와 강릉 사이 오지를 달리는 영동선에 있다. 이 역에 서는 통일호 완행열차는 하루 왕복 4편에 불과하지만 종일 오가는 열차는 35~39편이나 된다.

열차가 통과할 때마다 사령실과 매표실, 업무실까지 겸한 서너 평 남짓 역무실은 부산해진다. "542 발차." 앞선 역에서 열차가 떠났다는 무전이 오면 역장 최용수崔龍水 · 55 씨와 권형택權亨澤 · 37 주임은 모자를 눌러쓰고 옷매무새를 가다듬는다. 푸른 재킷에 빨간 넥타이, 회색 바지차림의 유니폼이다. 2~3분 뒤 "땡땡땡땡" 소리가 스피커로 울려 퍼질 때쯤이면 둘은 이미 철로

변에 차렷 자세로 서 있다.

S자로 크게 휘어진 철로를 따라 열차가 산 구비를 돌아 나오면 역장은 손에 감아쥔 붉은 깃발로 크게 원을 그린다. 그러면 화답하듯 길게 기적이 운다. "혹 기관사가 졸지 않나 점검하는 것이지요. 기적은 '나 정신 똑바로 차리고 있다' 하는 뜻이고요. 하지만 실제로 그런 일은 없습니다. 그냥 의식儀式이지요."

열차가 스쳐 지나갈 때면 역무원과 기관사는 경례를 교환한다. 워낙 속도를 낼 수 없는 구역이라 잠깐사이 안부도 오간다. "역장님, 별일 없읍니꺼." "그래, 수고해라."

열차가 역을 들고날 때 역장은 교통정리 하듯 손을 뻗어 앞뒤로 열차를 가리킨다. 육안으로 보아 열차의 앞뒤 상태에 이상 없음을 알려주는 신호다. 영화 '철도원' 속 호로마이역 사토佐藤 역장의 몸짓과 그대로 닮았다. 그리고 보니 기차가 안 보일 때까지 꼿꼿이 제자리를 지키고 선 최 역장의 단단한 뒷모습도 마찬가지다. 다만 영화의 눈 내리는 배경이 쓸쓸한 봄날의 햇빛으로 바뀌었을 뿐.

수시로 철로에 나가 이물질 유무를 점검하고 조임 상태 등을 확인하는 것도 역무원의 일이다. 폭설과 영하 20도 밑 강추위가 이어지는 겨울에는 납땜에 쓰는 토치램프를 들고 나가 일일이

내가 지키는 글쓰기 원칙

선로전환 구간에 낀 눈과 얼음을 밤새 녹인다. 봄부터 가을까지 간이역 철로 변마다 화사하게 피는 꽃들도 역무원들이 직접 씨 뿌리고 가꾸는 것이다.

임기역 역무실 벽 한켠 에는 일일 영업 목표가 붙어있다. 거기 적힌 하루 차표 판매액 목표는 7만 원. 서울이나 강릉까지의 장거리 승객 너댓명 만 있어도 훌쩍 넘길 액수지만 요즘은 엄두도 내기 힘들다. 마을에 어디 다녀올 일이 없는 노인들만 남은 때문이다.

찾은 날은 마침 10여 분 거리에 있는 춘양에 장이 서는 날. 아침 10시30분 열차를 타러 9명이나 대합실에 나왔다. "반찬거리라도 사러 가야지." 그래 봐야 모두 경로우대 승객이니 반액 할인해 600원씩, 모두 5,400원이다. 수입에 도움은 안 돼도 오가는 말과 인정만큼은 푸짐하다. "할머니. 이따 맛있는 거 많이 사 갖고 오이소." "응, 그려. 나눠줄 테니 기다려." 하루해가 넘어갈 무렵 장에 갔다 온 이들이 돌아오면서 역은 딱 한 번 더 수런거린다. 이날 승객은 이 들이 전부였다.

"제가 9년 전 왔을 때는 이렇지 않았습니다. 작아도 아주 잘 나가는 역이었어요." 그러나 주변 탄광, 석회광들이 줄줄이 폐광하면서 사람들이 모두 떠났고, 일자리가 없어진 마을 청년들도 하나 둘 대처로 나가 돌아오지 않았다. 그래서 300호 남짓한 마을은 태반이 비었다. 500명쯤 남은 노인들은 산 경사면을 따라 고추, 담배를 심어 생계를 잇는다. 동안(童顔)의 권 주임은 이 마을에서 가장 어린 주민이다. 역사 철로 변에 살면서 쉰 살 안팎의 몇몇이 가입해 있는 '임기2리 청년회' 일을 맡아보고 있다.

임기역에 낯선 손님들이 그나마 눈에 띄는 것은 방학이나 휴가철이다. 관광지가 없으니 놀러왔을 리는 없고, 대부분 깜빡 졸다 허겁지겁 잘못 내린 승객들이다. 마을에 여인숙이 없어 다음날 열차가 올 때까지 꼬박 역사에서 밤을 새운다. 내심 이들이 반가운 역무원들은 고구마, 옥수수를 내놓으며 외지 얘기를 듣는다.

간혹 한밤에 어린 중고생이 불쑥 찾아들 때도 있다. 인근 또 다른 산간마을에서 가출한 아이들이다. 외부로 나가는 통로가 여기뿐인 까닭이다. 이럴 때면 어김없이 전화가 걸려온다. "우리 아이가 도망갔는데 좀 잡아주이소." 동틀 녘까지 설득해 부모에게 넘겨준 적이 여러 번이다.

"한번은 눈이 펑펑 오는 밤에 잘 차려입은 중년 부인과 젊은 여자가 내렸어요. 여기엔 택시도 없는데 그 시간에 해발 1,000m가 넘는 일월산의 '황씨 부인당' 암자에 가야 한다는 겁

내가 지키는 글쓰기 원칙

니다. 아들 낳는 전설이 있는 곳이지요. 할 수 없이 차에 태워 가다 고개를 못 넘고 돌아와 역에서 재운 뒤 다음날 새벽 군 차량에 부탁했습니다. 나중에 서울에서 '고맙다'는 편지는 왔는 데 글쎄, 아들을 보았는지는 모르겠어요."

마을 노인들에게 임기역 직원들은 단순한 역무원 이상이다. 독거 장애노인을 매일 돌봐주는 보호자이기도 하고 온갖 궂은 민원을 찡그리지 않고 받아주는 젊은 일꾼들이기도 하다. "전화 고장 났는데 어디 신고 좀 해주소." "여기 서울인데예. 할머니가 전화를 안 받아요. 무슨 일 없나 좀 가봐 주이소." 고구마 몇 알에 서류, 편지 대필 부탁도 들어온다. 그뿐이 아니다. 마을서 제일 높은 곳에 있다 보니 뜻밖에 소방서 일도 한다. 피어오르는 연기를 보고 사이렌을 울려 의용소방대를 출동시킨 적이 벌써 세 번이다.

따뜻한 마음을 근엄한 표정 뒤에 감춘 최 역장은 전국 간이 역을 지키는 역장 가운데 최연장자다. 철도에 들어온 지 35년. 역시 철도원이 된 큰 아들은 매일 아버지가 일하는 역을 지나는 영동선 부기관사다. 최 역장은 새벽에 영주 집을 나서 꼬박 24시간을 일한 뒤 이튿날 아침 퇴근해 잠깐 쉬고는 다음날 새벽 또 집을 나선다. 일하는 날 세 끼는 역사에서 직접 끓여 먹는다.

달리 틈을 낼 방도가 없어 제사니, 휴가니 하는 것들은 남의 일이 된 지 오래다.

아마 몇 년 뒤면 임기역에서 더 이상 이들의 모습을 볼 수 없을 지도 모른다. 최 역장은 2년 뒤면 정년을 맞고, 권 주임도 초등학생 딸이 마을 분교를 졸업하면 중학교가 있는 곳으로 옮겨가야 한다. 무엇보다 철도 민영화니, 공사화니 하는 어수선한 분위기 속에서 수익 없는 임기역이 얼마나 버텨낼지 걱정이다. "그 생각만 하면 울적해집니다. 고향처럼 정이 든 곳인데…. 여기는 워낙 외진 곳이어서 버스도 들어오지 않아요. 역이 폐쇄되면 노인들은 꼼짝할 수도 없지요." 최 역장의 눈가에 쓸쓸한 그림자가 어린다.

일상의 삶에 지치고 상처를 입으면 한번쯤은 무작정 영동선 열차를 타볼 일이다. 구비구비 산허리를 하염없이 돌아가다 문득 임기역에 이르면 차창 밖으로 눈길을 돌려 찾아보라. 당신들의 마음의 고향을 지키는 이들이 거기 서 있을 터이니. 혹 시간이 있다면 내려서도 좋을 것이다. 그리하면 사람 좋은 권 주임과 함께 개울에 내려가 고기 잡으며 구수한 간이역 이야기에 취해볼 수 있을지도 모를 일이다.

_ 한국일보, 2003년 3월 23일

．．．

신문 한 면을 다 쓴 것이라 상당히 긴 글입니다. 저는 이 글에서 힘 있는 사람들 말고 우리 사회 평범한 사람들의 인터뷰, 삶의 이야기 그런 것을 시도해보고 싶었어요. 진짜 마음을 움직이는 글, 감성이 풍부한 글을 써보고 싶었습니다. 그래서 사람의 마음을 가장 잘 움직일 수 있는 게 뭐냐 하니까 간이역 이미지가 떠올랐어요. 한 번도 안 가봤어도 뭔가 추억이 있을 것 같은. 그래서 독자들의 심금을 울려보고 싶은 글을 제 딴에는 온갖 감성을 다 넣어서 수필처럼 쓴 글입니다.

이것을 쓰고 나서 나름대로 기대하고 있었는데 다음 날 어떤 분에게서 전화가 왔어요. 수필가협회 회장이라고 하더라고요. 자기가 아침에 보면서 '기자의 글과 전업 작가의 글이 이렇게 다르구나'라는 것을 느꼈다는 것입니다. 내 딴에는 엄청 '수필스럽게' 썼는데 말이죠. 글을 보면 입지 조건, 승객, 수입, 철도 구조 조정, 운영 실태 이런 내용이 가득 있더라는 겁니다. 수필가들은 간이역이란 주제를 주면 이미지만 갖고도 얼마든지 길게 쓸 수 있을 테지만 기자인 저는 취재가 돼 있지 않으면 전혀 글을 못 씁니다. 이것을 쓸 때도 기자수첩 앞뒤로 30~40장을 취재했습니다. 그중에서 일부를 발췌해서 쓴 거죠.

다른 유명작가 분도 똑같은 얘기를 했었어요. 예를 들어 봄날의 꽃집에 대해 쓴다면 작가들은 아무렇지도 않게, 가보지 않고도 쓸 수 있지요. 그런데 제가 쓴다면 취재를 해야 합니다. 꽃집의 주소, 주인 이름, 나이, 가족관계, 평수, 취급하는 꽃의 종류, 수입이 얼마고 이런 것들, 재밌는 에피소드 이런 게 취재되지 않으면 쓸 엄두를 내지 못합니다. 전형적인 기자의 글이란 이런 겁니다.

제가 기자들에게 표현 같은 것을 안 가르치는 이유는 기사의 형식을 가르치지 않아도 직접 써보고 혼나고 그러면 그 양식은 저절로 배우게 되기 때문입니다. 그래서 저는 얼마나 전문적으로 취재를 하느냐는 것을 강조합니다. 이것은 일반적인 글쓰기를 할 때도 마찬가지입니다. 글쓰기에 앞서 얼마나 많은 재료를 가지고 있는지, 얼마나 많이 생각하고 자료를 모으고 취재하고 꼼꼼하게 찾아보았는지가 중요하죠. 저는 말장난 같은 것, 형용사가 많은 글은 좋아하지 않습니다. 제일 좋은 글은 작가로서 쓰는 글이 아닌 다음에야 비슷할 겁니다. 글은 내용, 정보입니다.

모든 글은, 일기가 아닌 다음에는, 남에게 읽히는 글입니다. 누군가에게 보여주는 글입니다. 그래서 글을 쓰면서 가장 고민하는 것은 취재할 때부터 마칠 때까지 누군가를 위해서 쓴다는 것입니다. 특히 신문에 실리는 글은 산골 80 노인부터 도심 젊은이까지 불특정 다수가 읽습니다. 거기에 몇 가지 필요한 것은 첫째, 읽을 만한 글이어야 한다는 것입니다. 아까운 시간을 들여 독자가 기사를 읽었는데 도대체 무슨 얘기를 하는지 모르겠다면, 그래서 얻는 것도 감동도 없다고 느끼게 하면 독자들에게 죄를 짓는 것입니다. 의미 전달이 분명히 돼야 하죠.

두 번째는 '쉽게, 재미있게'입니다. 신문에 쓰이는 글은 고등학교를 졸업하는 사람이면 별로 어렵지 않게 읽혀야 합니다. 사실 어려운 글은 공부를 안 하고 쓴 글입니다. 그래서 저는 현학적 단어 쓰는 것을 아주 싫어합니다.

그래서 글쓰기는 참 쉽습니다. 취재하기가 어렵지요. 잔뜩 취재하고 정보를 모아놓고서는 배열하는 겁니다. 제가 쓰는 글쓰기는 정보의 배열입니다. 배열의 원칙도 뻔해요. 일단 낚시를 드리워야겠죠. 여러분도 글 읽기 시작할 때 앞부분부터 너무 딱딱하면 읽기 싫어지지요? 그렇다고 너무 지나치게 낚시질을 해선 안 되겠지만 재미있는 케이스나 사람들이 관심을 가질 만한 것을 내놔야 합니다. 사람들이 어떤 글을 읽고 싶어 하는지 늘 고민하면 사람들이 읽기 좋게 어떻게 배치해야 하는지 답이 나옵니다. 글 쓰는 것을 여러분이 어렵게 여기는 이유가 일필휘지해야 한다고 생각해서 그러는 거 같은데 그게 아닙니다. 글쓰기란 열심히 취재한 다음 다른 사람들이 흥미를 잃지 않고 계속 읽을 수 있게 배열하는 것입니다.

혹시 여기서 언론사를 지망하는 사람들이 있을 수 있는데, 언론사에서 요구하는 것은 절대 글 잘 쓰는 사람이 아닙니다. 기자가되는 조건이 여러 가지가 있죠. 책임감, 성실성 등 거의 슈퍼맨처럼 다양한 능력을 봅니다. 사실 이건 모두에게 요구되지만 아무도다 갖출 수 없는 그런 자질인데요. 글 잘 쓰는 사람 뽑으려면 연말 신춘문예 응모자 데리고 오면 됩니다. 하지만 그런 사람 안 뽑습니다. 성실하고 기본적 상식을 갖춘 사람, 평균 이상의 자질을 갖고 있다고 판단되면 뽑습니다. 글쓰기 능력은 크게 중요하지 않아요. 작문이나 논술 시험 보는 것도 글을 잘 쓰는지 보는 게 아니라 시각을 보기 위한 것입니다. 얼마나 열심히 현장, 문제에 대해 치열하게 고민했는지 판단하는 것입니다. 못 쓰는 문장도 괜찮아 보이게 하는 것이 단문입니다. 그렇게만 쓰면 표현은 신경 쓸 것 없습니다. 글을 쓸 때 문장 자체에 너무 신경 쓰지 마세요.

저는 논설위원이라 칼럼도 씁니다. 취재기자보다 많이 하지는 않지만 늘 평소에 사회 현안을 생각하고 사람들에게 물어보고 인터넷이나 책을 찾고 합니다. 제가 사설을 쓸 때 80% 이상 하는 일이 그것입니다. 그것을 읽는 사람들이 쉽게 받아먹을 수 있게 잘 배열하는 것을 생각합니다. 리듬도 있어야 하고요. 이 부분에 이런 것을 넣으면 지루해하지 않을까 생각되면 좀 부드러운 정보를 넣고요. 그러니까 글 쓸 때 모든 신경이 읽는 사람에게 가 있다고 보면 되는 것입니다. 늘 의식하고 쓰는 것이지요.

이건 글쓰기하고 상관없을 수도 있지만 정보를 수집할 때 중요한 것은 모든 상황을 공정하게 봐야 한다는 것입니다. 저 같은 경우는 이념적, 정파성 이런 걸 싫어하기 때문에 양쪽 측면을 늘 들여다보고 판단해봅니다. 취재할 때도 마찬가지입니다. 중요한 것은 두루두루 전체를 보며 정보를 수집하는 것입니다.

제가 기자생활을 하면서 늘 염두에 두는 기사가 있어요. 제가 입사한 지 2년쯤 됐을 땐데요. 옛날에는 어린 기자가 기명기사를 쓰는 것이 무척 대단한 가문의 영광이고 그랬습니다. 제가 그 무렵 특종도 많이 하고 그래서 귀여움을 받았었어요. 그 당시 무서운 사회부장이 1면 톱을 쓸 기회를 주겠다고 했습니다. '뭘 취재할까요?' 했더니 당시 12월이었는데 1986년 1월 1일에 실릴 기사를 쓰라고 하면서 한국 호랑이를 찾아오라는 거예요. 마침 다가오는 해가 호랑이해였기 때문에 1월 첫째 날 싣겠다는 거였죠. 우리나라에서 호랑이가 마지막으로 발견된 게 1920년대인가 그렇습니다. 있을 가능성이 전혀 없어요. 호랑이가 사려면 서울시 3분의 2 이상이 되는 숲이 있어야 하고 먹이가 되는 개체수가 어느 정도는 있어야 하고 그렇습니다. 사회부장은 분명히 있을 거라면서 강원도 가서 찾아오라는 겁니다. 감히 저항할 수도 없고 나와서 남대문 가서 등산용 칼부터 샀어요. 사진기자 한 사람을 데리고 같이 강원도 산골로 갔어요. 눈이 허리까지 오고 했죠. 산골짜기에 가서 일주일 이상 헤맸지만 호랑이가 있을 리 없죠.

그런데 재밌는 것은 강원도 오지 마을에 나이든 할머니, 할아버지들이 있어요. 그 할아버지들마다 왕년에 호랑이하고 한두 번 안 싸워본 사람이 없습니다. 전부 생생한 얘기들이에요. 마당에 솥뚜껑만 한 발자국이 있었고 엊그제도 있었던 것 같다, 이러는 겁니다. 어디 있냐고 하면 뭐 눈이 와서 없어졌다고 하구요. 일단 이렇게 취재를 해와서 기사를 쓰는데 호랑이가 없다고 하면 기사 자체가 성립이 안 됩니다. 그래서 뭔가 있는 것처럼 써야 하는 거예요. 그래서 그 당시 1세대 동물학자 분이 있었어요. 일단 이분한테 전화를 했어요. 기사에는 학자, 전문가의 코멘트가 항상 실려야 하니까요. 이분에게 전화를 해서 "솥뚜껑만 한 발자국은 호랑이가 아닙니까?" 하고 물었죠. 이분이 기자의 의도를 파악하고 절대 대답을 안 하시는 거예요. "우리나라에 호랑이 없어요." 계속 이러는 겁니다. 그래서 저도 계속 물었죠. "저도 그건 아는데 솥뚜껑만 한 발자국은 호랑이 아닙니까?" 이렇게 말이지요. 한참 그러다가 그 분이 "아, 글쎄 솥뚜껑만 한 발자국은 호랑이가 맞지만 우리나라에는 호랑이가 없어요!"라고 말했습니다. "알았습니다." 하고 끊었죠. 지금 그 기사를 보면 많이 부끄러운데 당시 코멘트가 "솥뚜껑만 한 발자국이면 호랑이가 맞다."고 말했습니다, 이렇게 달렸어요.

생각하면 조금 부끄럽지만 이때의 기사는 그 이후에 글쓰기를 하면서 늘 새겨두는 기사가 됐습니다. 여러분이 글쓰기 할 때도 마찬가지예요. 어느 방향으로 글을 써야겠다고 미리 생각을 한 뒤 한쪽 정보만 모으고 다른 편의 것은 다 버리는 거예요. 여러분 중에서 특정 신문을 싫어하는 경우도 있겠지만 어떤 신문도 사실 A를 B라고 쓰는 신문은 없습니다. A를 A′라고 쓰는 것인데, 이게 무슨 뜻이냐면 반대쪽 정보를 버리는 것입니다.

문장이 아름답고 그렇지 못한 것은 부수적인 것이고 정보가 얼마나 많고 정확한지가 좋은 글의 요건입니다. 제가 앞의 일화를 칼럼을 쓰면서 만천하에 공개한 바 있습니다. 당시 광우병 보도 때문에 한창 〈PD 수첩〉 문제가 불거졌을 때입니다. 기자 입장에서 봤을 땐 명백한 A′입니다. 몇 가지 사실만을 가지고 만든 것인데 그게 사실 가장 나쁜 글쓰기입니다. 그때 판결이 무죄판결이 났습니다. 광우병은 왜곡보도이지만 판결은 정당하다라는 것입니다. 언론의 보도 내용은 아주 고의, 악의가 없는 한 언론의 자유를 보호해줘야 한다는 것이거든요.

정리하자면, 정직하고 성실하게, 미리 결론을 예단하지 않고 자료를 모으고 취재하고 배열하는 것, 이것이 가장 중요합니다. 문장을 잘 쓰는 건 그다음입니다. 이 정도가 제가 생각하는 글쓰기 원칙입니다.

내가 지키는 글쓰기 원칙

Q 언론사 입사를 준비하는 입장에서 논술과 작문을 쓸 때 필요한 '신선한 시각'은 어떻게 터득해야 할지요?

A 신문사에서 신선한 시각을 요구하지는 않습니다. 저도 신입 기자들을 뽑고 하는데 너무 기발한 기사는 별로입니다. 상식적으로 성실하게 쓴 기사가 높은 점수를 받습니다. 제가 채점하다 보면 놀라운 게 요즘 스터디를 많이 해서 그런지 주제를 주고 글을 쓰라고 하면 인용문이 똑같은 경우가 많습니다. 그런 글, 지나치게 정형화된 글, 이런 것은 전부 감점입니다. 글쓰기는 많이 써보는 것보다 좋은 방법이 없습니다. 글쓰기 요령 이런 건 없습니다. 있었다면 저는 벌써 기자 그만둬야 했을 겁니다. 저는 취재력으로 지금껏 버텼기 때문입니다. 참신한 시각이 매번 좋은 것만은 아닙니다. 더 안 좋은 것은 어떤 사안을 갖다 100퍼센트 선악으로 가르는 글, 완전히 옳다거나 비판 일변도로 가는 글은 치명적인 감점요인일 수 있습니다. 70~80퍼센트 한쪽, 20~30퍼센트는 여지를 두는 게 신문사에서 요구하는 글입니다. 상대방의 다른 생각도 이해하

는 시각이 필요합니다. 기자가 돼서도 마찬가지구요. 모든 글을 쓸 때 균형감각은 중요하죠. 그리고 세상에 완벽한 100퍼센트는 없습니다. 교집합을 인정할 필요가 있지요.

Q 칼럼을 쓰실 때 얼마나 시간이 걸리시는지요?

A 매번 차이가 있어요. 평소에 생각을 많이 했던 것은 금세 씁니다. 얼마나 많이 공부가 돼 있느냐의 문제입니다. 저는 직업이 칼럼 쓰는 일이니까 늘 생각하고 전문가, 당사자한테 전화하고 그렇습니다. 최근에 쓴 글이 '서울 대공원 돌고래쇼 중단'에 관한 것이었습니다. 평소 생각했던 거라 정말 쉽게 썼어요. 돌고래를 돌려보내기로 했다는데 계속 꺼림칙한 거예요. 그래서 내가 왜 그런가 가만히 생각했는데, '나도 돌고래 쇼 보고 웃고 좋아한 적이 있는데 그럼 나는 뭐냐, 나는 동물을 사랑하지 않는 잔인한 사람이냐'는 물음이 들었기 때문

입니다. 그런 식의 인식에서부터 출발하고 생각해보면, 다른 동물들은 뭔지, 왜 돌고래만 그런 혜택을 받아야 하는지 하는 생각이 듭니다. 칼럼의 끝은 '사실 많은 논의가 있어야 하는 문제였다. 간단하게 시장이 하지 마, 하고 결정하는 게 아니라 말이다' 이런 것이었어요. 돌고래는 여러분 추억과 관련 있는 것입니다. 나의 추억, 아이들의 기쁨 이런 모든 것들이 정서적으로 굉장히 중요한 문제입니다. '이것에 깊은 논의가 있어야 한다. 동물 사랑에는 동의를 하지만 명분으로 모든 것을 설명하려고 하면 그것이 근본주의, 교조주의에 빠질 수 있다'는 것이죠. '오히려 이런 근본주의가 우리 사회 많은 문제의 원인이다' 이렇게 끝을 맺었죠.

이런 주제들은 늘 생각하고 고민하던 것이기 때문에 생각대로 솔직하게 풀어쓸 수 있었습니다. 그런 경우는 별로 시간이 안 걸리고요. 예를 들어 선거 등 민감한 정치사회적 사안에 대해 써야 할 때는 훨씬 복잡해요. 취재도 상당히 필요하고 코멘트도 따야 해서 이런 것은 시간이 걸려요. 사안에 따라 다르죠.

Q 언론사 준비하는 사람들 중에는 거의 최종 면접까지 가서 떨어지는 사람들이 있어요. 그 이유가 무엇일까요?

A 사실 30분 정도 면접관 속이는 것은 일도 아닙니다. 진짜 면접장에서 보면 눈에서 레이저가 나오고 입사만 하면 온 인생을 신문에 걸고 정말 열심히 할 것 같은 사람들로 보입니다. 괜찮은 줄 알고 뽑았는데 '너무 힘들어요.' 이러고 나간 친구들도 있어요. 저는 예전에는 저 같은 사람을 좋아했어요. 뭘 시켜도 겁 없이 달려들 것 같고 이런 사람들. 근데 정작 제가 뽑을 때 저 같은 스타일 안 뽑습니다. 뭔가 진지하고 성실해 보이는 사람이 빨리 발전하더라고요. 공부하게 생긴 친구들이요. 그다음에 어느 조직이나 밝은 사람들 좋아합니다. 대단히 중요합니다. 표정, 말을 통해 성격이 밝아 보이는 친구들이요. 잘 웃고요. 늘 밝고 적극적으로 보이는 사람들이 가장 중요합니다. 절대 인상 쓰거나 하면 안 되죠. 자신 있고 발랄하게 얘기해야 합니다.

Q 신문의 위기설에 대해서 어떻게 보시는지요?

A 2015년이면 종이 신문이 없어진다는 학자들도 있어요. 종이 신문의 역할, 전달 방식은 많이 바뀔 수 있어요. 하지만 본질의 차이는 별로 없을 것이라고 생각합니다. SNS 이런 것이 집단지성의 바탕이 된다는 얘기가 있습니다. "We are smarter than me."란 말이죠. 1990년대까지만 해도 신문만이 유일하게 발언할 수 있는 창구였었죠. 이제는 모든 사람이 얘기할 수 있는 사회가 됐습니다. 기존 매체에 대한 불신도 커졌고요.

그런데 그렇게 해서 모든 것이 더 좋아졌느냐 하면 저는 아니라고 생각합니다. 전부 파편화됐어요. SNS가 일반화되면서 사회격차가 커집니다. 자기랑 의견이 맞는 사람들끼리만 확대 재생산되고 서로 교류하면서 중간지대를 만들어내지 못하고 있습니다. 적대해서 싸울 뿐이지요. 이게 시간이 지나면 좋은 쪽으로 갈 것이라고 하는데 오히려 점차 고립화, 파편화돼가는 현상이 심해지고 있습니다.

어떻든 간에 훈련되고 책임 있는 언론이 필요하다는 것이죠. 물론 언론이 제 역할, 사회적 책임을 다하는 게 전제조건 입니다. 그래도 그런 것이 있어야 다른 생각을 가진 사람들이 만나고 접점을 찾을 수 있죠. 오히려 언론의 기능은 점점 더 필요로 할 것입니다.

아마 종이 신문 형태도 상징적으로나마 살아남을 겁니다. 종이 신문은 그 안에 편집 자체로 가치 판단의 기능을 하기 때문입니다. 언론의 가장 중요한 역할 중 하나가 오늘 우리가 알아야 할 중요한 이슈가 무엇인지를 알려준다는 것입니다. 인터넷 포털을 보면 뭐가 중요한지 모르게 돼 있습니다. 연예인 이혼하고 연애하는 게 선거 판세보다 중요하게 돼 있는 경우도 많습니다. 언론의 역할은 의제 설정 기능이죠. 그래서 신문의 전달 방식은 달라질지 몰라도 가치를 부여하는 기능은 없어지지 않을 것이라는 겁니다.

내가 지키는 글쓰기 원칙

방송 기자와 달리 신문 기자의 특별한 역할은 무엇일까요?

A 방송은 전달 수단 자체가 숙고할 수 있는 매체가 아니라고 생각합니다. 방송기사는 한 1분 30초 정도밖에 안 되는데, 꼼꼼하게 취재해서 담을 수 있는 양이 신문과 비교해 상대적으로 크지 않습니다. 방송은 보는 사람과 화면 사이에 시간적 거리가 전혀 없습니다. 주는 대로 받습니다. 신문은 주는 대로 받는 게 아니라 독자가 보면서 이 얘기가 맞는지 생각해볼 수 있는 시간도 있고 돌아가서 읽어보면서 확인하거나 정리해가면서 볼 수 있습니다. 저는 예나 지금이나 방송 매체로는 '어떤 사건이 있구나'라는 것 이상을 알 수 없다고 생각해요. 가치판단이나 깊이 있는 정보 제공과 같은 것은 신문의 고유기능이지 않을까 생각합니다. 내가 신문 기자이기 때문에 이렇게 말하는 것도 한 40% 정도 있을 겁니다. 물론 방송에서 저희가 부러워하는 것도 있습니다. 〈PD수첩〉이나 〈추적 60분〉 같은 탐사보도 프로그램이요. 오랜 기간 취재해서 영상과 함께 보여줄 수 있는 것은 저희 신문이 하기 힘든 부분이죠.

07

논설위원의
글쓰기

이승철(경향신문 논설위원)

논설위원들은 사설을 통해 오랜 취재 경험과 객관적 정보를 토대로

회사의 의견을 밝히거나 칼럼을 통해 자신의 의견을 밝힙니다.

우리 사회의 현주소와 앞으로 나아갈 길을 알기 위해서는

신문, 그중에서도 논설위원들이 쓰는 기사를 읽는 것이 지름길입니다.

여러분은 뉴스를 어디서 얻습니까? 대부분 모바일과 컴퓨터에서 얻고 있습니다. 혹시 신문을 보는 기회가 있다면 주로 어떤 면을 관심을 갖고 읽으십니까? 여론조사를 보면 선호도에서 오피니언 면의 사설과 칼럼은 뒷자리에 있습니다. '논설위원의 글쓰기'라는 제목을 글을 풀어가려는 이유는 이러한 경향이 바뀌고 있으며, 바뀔 수밖에 없다고 믿기 때문입니다.

전자 미디어의 발달로 신문은 자신의 주요 임무 중 하나라고 여겼던 속보성을 인터넷 포털이나 트위터와 같은 SNS에게 넘기고 있으며, 그러한 경향은 더욱 가속화할 것입니다. 대신 신문은 뉴스를 빨리 전하기보다는 좀 더 깊이 취재·분석해 보도하는 방향으로 무게중심을 옮기고 있습니다. 굵직한 뉴스가 신문에서 다루어지기 전에 인터넷에 올라가면 이미 특종이 아니게 되거든요. 신문사들이 오피니언면을 중시하는 것도 같은 맥락에 있습니다. 각 신문사는 예전엔 맨 마지막 면 또는 끝에서 두 개 면만 사설과 칼럼에 할애했는데 이제는 세 면, 네 면으로 확대하는 추세입니다.

논설위원의 사전적 의미를 찾아봤습니다. '논설'이라는 것은 사전에 '사물의 이치를 따져 쓰는 것'이라고 돼 있습니다. 그럼 논설위원은 사물의 이치를 따져 쓰는 사람이 돼야 하는데 실제 사전에 나온 의미는 다릅니다. '신문의 논설을 맡아 쓰는 위원', '신문이나 방송에서 전문지식을 가지고 시사 문제를 논하거나 그 기관의 입장을 밝히는 글을 쓰는 일을 담당하는 사람'이라고 돼 있습니다. 그런데 실제 한국의 논설위원들의 글쓰기는 부분적으로 사전적 의미를 벗어나 있습니다. 즉 논설위원들이 사설과 함께 칼럼을 쓰고 있습니다. 물론 논설위원의 글쓰기 중심은 사설에 있지만 말입니다.

우선 사설에 대해 이야기하겠습니다. 1700년대 미국에서 신문산업이 시작될 때 사설이 있었는데 당시 미국 신문은 굉장히 정파적이었습니다. 그래서 사설도 선정적이고 정파적이었습니다. 1830년대 들어오면 '페니 프레스'penny press라는 게 등장합니다. 여전히 사설은 정파적 성격을 벗어나지 못합니다. 그런데 1840년에 〈뉴욕 트리뷴〉이라는 신문이 사설의 성격을 바꿉니다. 호레이스 그릴리라는 사주가 보수 성향이면서도 합리주의를 중요시하는 사람이라 신문이 논리성을 중요하게 생각하기 시작한 것입니다. 결과적으로 〈뉴욕 트리뷴〉은 성공합니다. 사설은 신문의 심장, 신문에서 가장 영향력 있는 부분이라는 그릴리의 지론이 평가를 받기 시작했으며, 이 같은 정신은 지금도 여전히 이어져오고 있습니다. 한국 신문도 그렇습니다.

사실 사실과 의견의 구분에 대한 고민은 언론에게 숙명과 같은 것입니다. 1960년대까지만 해도 조그만 지역 신문에 불과했던 〈워싱턴 포스트〉를 미국의 대표적 신문으로 키운 캐서린 그레이엄 여사를 소개함으로써 언론이 사실과 의견을 어떻게 다루어야 할지 한번 생각해보겠습니다.

그레이엄 여사는 원래 〈워싱턴 포스트〉 사주의 딸로 전업주부였습니다. 그런데 신문사를 책임지고 있던 남편이 1963년 자살하면서 갑자기 신문사 경영을 떠맡았습니다. 그런 그녀에게 기회가 찾아왔습니다. 바로 1972년 발생한 '워터게이트 사건'입니다. 그녀는 감옥행을 각오하고 워터게이트 사건을 보도하도록 했습니다. 그 과정에서 그레이엄 여사는 편집국에 일절 출입하지 않았답니다. 사주가 사실 보도에 전혀 간섭하지 않았다는 뜻입니다. 그렇지만 그녀는 당시 논설위원실에는 종종 들어왔다고 합니다. 사설이 회사의 입장을 쓰는 것인 만큼 경영자 입장에서 회사 입장을 설명했다는 뜻이겠지요. 〈워싱턴 포스트〉에는 정교분리의 원칙처럼 '사실과 의견의 분리'라는 원칙이 있습니다. 그레이엄 여사가 이를 고집스럽게 실천함으로써 오늘날의 〈워싱턴 포스트〉를 만든 것입니다. 10여 년 전 그레이엄 여사가 돌아가셨을 때 장례식에 클린턴 전 대통령, 아버지 부시 전 대통령 등 유력인사들이 대부분 참석했습니다. 경쟁지인 〈뉴욕 타임스〉가 1면에 부고 소식을 싣고, 안에도 두 개 면을 할애해 기사를 썼습니다. 추모 글을 실은 것이지요. 저는 그레이엄 여사가 사실과 의견의 분리라는 원칙을 고수한 데 대한 미국의 찬사라고 생각합니다.

우리도 비슷합니다. 논설위원실은 의견, 편집국은 사실 중심이라는 원칙을 갖고 있습니다. 각 신문사가 논설위원실을 편집국과 분리해 사장 직속으로 하고 있는 것은 바로 이런 원칙과 관련이 있습니다. 방송사의 경우는 약간 다릅니다. 보도본부장 아래 해설위원실이 있습니다. 방송이 신문보다 해설, 분석에 더 치중한다는 것을 보여줍니다. 그런데 최근 일부 방송사들이 해설위원이라는 이름을 논설위원으로 바꾸고 있습니다. 방송사들이 해설위원실의 성격 변화를 염두에 두고 있는지 궁금합니다.

사설이 신문사의 입장을 밝히는 글이라면 칼럼은 개인의 의견을 밝히는 글이라고 볼 수 있습니다. 물론 한국의 경우에는 신문사의 입장을 무시할 수가 없습니다. 약간의 차이가 존재하지만 회사의 기본 방향을 존중하죠. 그래도 칼럼은 사설에 비해 개인 의견을 쓸 수 있는 여지가 있습니다. 그런 생각들을 바탕으로 논설위원들이 사설을 어떻게 쓰는지 말씀드리겠습니다.

사설은 일반적으로 크게 네 가지 유형으로 나눕니다. 설명형, 비판형, 설득형, 칭찬형입니다. 그리고 이것들이 섞인 복합형이 있구요. 또 때가 되면 쓰는 사설이 있습니다. '달력형 사설'이라고 하는데 6·25라든가, 국회 개원할 때, 대통령 당선 후 쓰는 것이 이에 해당합니다. 현충일에 맞춘 사설도 예가 되겠습니다.

논설실은 아침 10시 반부터 회의를 합니다. 각 분야의 논설위원들이 발제를 합니다. 그때 선택 기준이 몇 가지 있습니다. 첫째가 '참신함', 즉 새로운 사실인지 여부입니다. 둘째는 '시의성'입니다. 오늘 꼭 내보내야 하는 것인가를 두고 고민하는 것입니다. 셋째는 '중요도'입니다. 얼마나 중요한 사건인가 하는 것이 기준이 됩니다. 잘 정리가 되지 않은 경우는 오후 2시에 회의를 한 번 더 해서 확정합니다.

일단 이렇게 사설의 주제가 정해지면 다음 단계로 자료 준비 시간을 갖습니다. 가장 먼저 하는 것이 전체 상황을 파악하는 과정에서 사실을 다시 한번 확인하고 이게 어떤 맥락에서 나온 문제인지 알아보는 것이죠. 신문, 책자를 참고하고 취재원에게 연락을 취합니다. 그러고 나서 논리를 어떻게 풀어나갈 것인가 고민합니다. 〈경향신문〉 사설 같은 경우는 맨 위에 있는 게 원고지 7.5매입니다. 그다음에 6.5매입니다. 일반적으로 사설을 네 단락으로 나누어 기승전결 구조로 씁니다. 문제제기, 문제점, 반론, 결론 이런 단계입니다. 문제제기 과정에서 요약을 하고 비판, 결론으로 하기도 합니다. 어떤 사안에 대해서 분석적으로, 논리적으로 쓰는 것입니다. 저 같은 경우는 네 단락으로 쓰면 보통 좌측 두 단락, 우측 두 단락, 이런 식으로 나눕니다. 시각적 효과도 중요하거든요. 이게 만약에 5.5매로 써야 한다고 하면 세 단락으로 나눠 서론, 본론, 결론으로 나눕니다. 문제제기, 문제점, 결론 이렇게 하지요. 이런 형식을 잡아놓고 글을 쓰면 아주 편합니다.

그다음에 제목을 가지고 고민합니다. 제목에서 제일 중요한 것은 흡인력입니다. 스트레이트 기사에서 나오는 제목이 그대로 가서도 안 되고요. 그런데 우리나라 제목을 보면 너무 밋밋합니다. '~하길 바란다' 이런 식이죠. 우리는 '꼭 ~하다', '~해야 마땅하다' 이렇게 합니다. 미국 사설 제목은 다릅니다. 주제 자체를 명확하게 표현할 수 있는 핵심 단어 하나, 단어 두 개, 세 개를 쓰는 경우가 종종 있습니다. 외국 것은 짧으면서도 임팩트가 강한 반면, 우리나라 것은 고루하다고 느껴지는 경우가 많은 이유죠. 그다음

내가 지키는 글쓰기 원칙

에 본문에서 관심을 끌 수 있는 단어, 핵심 단어가 글 안에 있어야 합니다. 저는 글쓰기 전에 어떤 것을 키워드로 삼고 주제의식을 전달할지 고민하고 정합니다.

다음은 여기 제가 썼던 사설이 있습니다. 시의성이라는 이유 때문에 어쩔 수 없이 썼지만 지금도 불만인 사설입니다.

· · ·

'대법원이 드디어 일제 강제 징용피해자들의 손을 들어주었다. 이들이 2000년과 2005년 한국 법원에 소송을 제기한 지 각각 12년, 7년 만이다. 징용피해자들이 일제 당시 자신들을 강제로 끌어왔던 일본 미쓰비시중공업과 신일본제철을 상대로 낸 손해배상 및 임금지급 소송에서 우리나라 최상급 법원인 대법원이 1, 2심을 깨고 징용자들의 오랜 한을 풀어준 것이다. 역사의 이름으로 징용자들의 손을 들어준 대법원, 그리고 이 같은 판결을 이끌어낸 징용피해자들에게 무한한 감사를 보낸다.

대법원의 이번 판결은 만시지탄의 감이 있지만 당연하다. 1, 2심은 일본 법원들이 이미 유사한 소송에서 원고들의 청구를 기각한 것을 들어 이와 모순된 판결을 할 수 없다고 판시한 바 있다. 하지만 대법원은 일본 법원의 판결이 '일본의 한반도와 한국인에 대한 식민지배가 합법적이라는 규범적 인식을 전제로 한 것'이라며 강제동원 자체를 불법으로 보는 우리 헌법의 핵심적 가치와 정면 충돌한다고 지적했다. 주권국가의 법원이라면 내리지 않을 수 없는 결론을 대법원이 내린 것이다. 일본 최고재판소는 2007년 원폭 피해를 입은 히로시마의 미쓰비시 중공업 징용자들에게 일본 정부의 배상책임을 인정해 사상 처음으로 징용을 반인도적 행위로 규정한 적이 있다. 그러면서도 당시 최고재판소는 징용자들의 배상청구권을 인정하지 않는 이중적 모습을 나타냈다.

대법원은 그동안 논란이 많았던 개인배상 청구권 소멸 여부에 대해서도 명확하게 입장을 정리했다. 즉 1965년 한일 청구권협정은 식민지배 배상을 위한 협상이 아니라 정치적 합의에 의해 양국 간 재정적·민사적 채권·채무 관계를 해결하기 위한 것으로 개인의 배상청구권은 소멸되지 않는다고 판결했다. 대법원은 또 배상청구권이 소멸하지 않는 근거로 청구권협상 과정에서 한·일이 일제의 한반도 지배 성격에 관해 합의에 이르지 못했다는 점을 꼽았다. 한일 청구권협정 2조 1항이 '양국 및 그 국민 간의 청구권에 관한 문제가 완전히 그리고 최종적으로 해결된 것을 확인한다'고 되어 있다. 일본 법원은 이 조항을 바

탕으로 위안부, 징용·징병 피해자들의 배상청구권을 무시해왔
다. 당사자들로서는 땅을 치고 통분할 일이다. 이번 판결로 강
제 징용피해자들이 청구권을 행사할 길이 열렸다.

　이제 공은 한·일 정부와 일본 기업들의 손으로 넘어갔다. 대
법원이 배상청구권 문제에 대해 기준을 제시한 만큼 양국 정부
와 해당 기업은 과거사 청산 차원에서 이 문제를 다루어야 한
다. 만일 그렇지 않고 구태를 되풀이한다면 당사자들은 물론 한
국민에게 말할 수 없는 아픔과 분노를 줄 수밖에 없다. 특히 일
본 정부의 역할이 중요하다. 일본 정부는 초·중·고 교과서와
참고서 개편을 통해 역사 왜곡을 시도하고 있다. 일본은 우리
대법원의 판결을 무겁게 받아들이길 촉구한다.'

_ 경향신문, 2012년 5월 25일

· · ·

　사설은 5월 25일 대법원에서 강제징용 판결이 나온 것과 관련
한 것입니다. 이 판결은 우리나라 입장에서 매우 중요한 것입니
다. 50년 가까이 한국 사회를 지배해왔던 한일기본협정을 뒤집는
판결이거든요. 이것을 어떻게 봐야 하는지 처음 판결이 나왔을 때
어느 한쪽으로 명확히 판단이 서거나 시각을 정하기 어려운 상황

이었습니다. 그런데 안 쓰고 넘어갈 수도 없는 사안이었습니다. 정부 쪽 자료를 보니까 전문적 내용이 있어 자세히 공부가 필요한 부분이 있었고, 당시 일본에서도 반응이 나오지 않은 때였습니다. 그래서 할 수 없이 좀 두루뭉술하게 처리할 수밖에 없었습니다. 즉 글 앞부분에 판결 내용에 대해 해설한 뒤, 뒷부분엔 원칙론적 입장에서 한국과 일본 정부에 촉구하는 의견을 담았습니다. 어쩔 수 없이 시의성 때문에 쓰게 된 것이죠. 다음날 다른 신문사는 썼는데 우리만 안 쓰면 기자로서 참 김빠지는 일입니다.

어떤 경우에는 퇴근 후 집에서 이메일로 사설에서 빼거나 추가할 내용을 보낼 때도 종종 있습니다. 시의성을 강조하다 보니 시간 싸움을 하는 거죠. 그런 점에서 전문적이고 수준 높은 사설을 쓰지 못해 아쉬움을 느낄 때가 종종 있습니다. 참고로 말씀드리면 미국은 사건 후 2~3일, 어떤 경우는 일주일 정도 있다가도 사설을 써요. 자기 나름대로 자료를 모으고 결심이 설 때까지 취재, 공부하는 기간이 있는 것이죠.

다음으로 칼럼 얘기로 넘어가겠습니다. 여러분은 신문 지면에서 논설위원들이 쓴 칼럼과 각 분야 전문가들이 쓴 칼럼을 쉽게 접할 수 있을 것입니다. 미국의 경우 극히 드물게 논설위원들이 칼럼을 쓰는 경우도 있지만 전문 칼럼니스트들이 칼럼을 전담하

내가 지키는 글쓰기 원칙

다시피 하고 있습니다. 이들 칼럼니스트들은 사설을 쓰지 않고 개인 시각에 따라 별다른 구속 없이 자유롭게 글을 씁니다. 한마디로 정반대의 주장이 한 지면에 실릴 수도 있는 것이지요. 그런 점에서 미국 신문의 오피니언면이 진정한 토론의 장이라고 생각합니다.

하지만 논설위원들이 사설과 함께 칼럼을 써야 하는 게 한국의 현실입니다. 그러면 논설위원들은 칼럼을 어떻게 써야 할까요. 저는 논설위원들이 오랜 취재 경험이 있는 만큼 의견을 쓰더라도 현장과 사실감을 배경으로 깔고 있어야 한다고 생각합니다. 미국 CBS에서 앵커 생활만 20년 넘게 한 댄 래더라는 사람이 있습니다. 그는 자신이 쓴 『데드라인과 데이트라인Dead Line & Date Line』(1999)이란 칼럼집에서 "독자가 기자에게 원하는 것은 의견이 아닌 사실이다."라고 밝혔습니다. 에드 머로우는 1938년 라디오로 그 당시 독일군이 오스트리아에 들어오는 상황을 생방송으로 현장 보도했던 사람입니다. 이것이 굉장히 인기를 끌어서 그는 고정 프로그램을 만들어 자리를 잡았습니다. 방송 저널리즘의 기반을 만든 사람이죠. 그 사람이 한 얘기가 재밌습니다. "내 의견은 술집 바 구석 자리에서 술 취한 사람이 떠드는 것만큼 가치가 없다."라고 했습니다. 기자가 하는 논평은 가치가 없다는 뜻입니다. 그런데 국내 신문의 논설위원들이 쓰는 칼럼을 보면 일방적 의견만 있고 사실이 없는, 또는 틀리는 경우가 굉장히 많습니다. 자주 글을 쓰다 보니 현장을 취재하고 돌아다닐 시간이 별로 없기 때문이겠죠. 그들이 부지런한지 여부는 별도 문제입니다. 그래서 신문 기자들의 칼럼은 생명이 없는, 일반 사람들의 논평 수준에 그치는 경우가 종종 있습니다.

제가 2011년 여름에 두만강 강변에 다녀왔습니다. 20년 전 다녀왔을 때의 모습과 현재를 비교하면서 중국이 발전할 때 북한은 뭐 했나 생각이 들었거든요. 중국 훈춘까지 들어갔을 때 20년 전에는 양쪽이 똑같았습니다. 그런데 지난해 가보니까 천양지차였습니다. 북한은 완전히 황폐해졌어요. 산도 다 밭이 됐고요. 밭을 매다가 떨어질 것이 걱정될 정도로 가파른 곳까지 다 밭을 일궈놓은 것입니다. 20년 전에 내 눈에 비친 모습과 오늘의 모습을 대비하면서 글을 썼습니다.

● ● ●

1991년 중국의 훈춘을 방문했을 때만 해도 훈춘은 중국 사람들에게조차 '망각의 지역'이었다. 1990년 아시안게임을 앞두고 두만강을 따라 왕복 2차선 포장도로가 건설돼 비로소 높은 밀

강령(康江嶺)의 꾸불꾸불 산길을 다니지 않고 바깥세계와 오갈 수 있었으나 훈춘은 여전히 피폐하기 이를 데 없었다.

얼마 전 20년 만에 다시 찾은 훈춘은 완전히 다른 모습이었다. 조선족 자치주 수도인 옌지과 훈춘 사이에는 4차선 도로가 휑하게 뚫려 있었다. 널찍한 시가지와 즐비한 고층 건물들은 20년 전의 훈춘이 아니었다.

중국 군인들의 엄격한 검문 때문에 방문에 실패했던 훈춘의 동쪽 끝인 방천도 마찬가지였다. 1993년 건설된 방천의 망해각(望海閣)에서 두만강과 북한의 두만강시(옛 용현), 러시아의 핫산, 그리고 두 도시를 잇는 조·러철교를 바라보았다. 20년 전 조·러 철교의 사진을 찍다가 러시아 국경수비대원에게 잡혀 3시간여 곤욕을 치렀던 기억이 났다. 모든 것이 그대로였다. 변화가 없었다. 그러나 두만강시는 그때보다 더 퇴락했다는 느낌마저 주었다. 중국인 관광객들이 북한을 배경으로 사진을 찍는 모습에서 20년이라는 시간의 의미를 떠올리지 않을 수 없었다.

투먼도 예외는 아니었다. 투먼 세관 주위에는 많은 건물이 들어서 과거 세관건물만 덩그러니 서 있던 모습을 상상하기 힘들었다. 특히 세관 옆의 두만강변 공원은 세계 어느 나라 공원과 비교해도 손색이 없을 정도였다. 수많은 중국인이 주말을 맞아 가족들과 즐거운 한때를 보내고 있었다. 강변에는 화려한 색 상의 유람선 선착장이 관광객들의 발길을 붙잡았다. 북한 사람도 중국 쪽 모습을 보고 있으리라. 일행 중 한 명이 강 건너 북한 사람들을 의식해 "누구 약 올릴 일 있나"라고 한마디 했다. 모두들 말이 없었다.

투먼과 다리 하나를 사이에 두고 있는 북한 남양은 20년 전과 똑같이 칙칙한 느낌을 주었다. 활기 없던 회색빛 두 도시가 이제 완전히 색깔이 다른 도시가 되어 있었다. 이유가 무엇일까.

20년 전 중국 쪽 두만강변 취재를 마치고 창춘에서 하얼빈으로 가는 특급열차 속에서 북한 유학생과 나누었던 대화가 생각난다. 그는 북한의 경제적 어려움의 근원을 일제강점기 일본의 산업정책과 미국의 대북정책에서 찾았다. 일본이 남한은 경공업, 북한은 중공업으로 분업화시킨 데 이어 미국의 적대시 정책으로 인해 북한이 경제적 곤란을 벗어나지 못하고 있다고 장시간 강변했다. 나중엔 말꼬리를 흐렸지만.

북한 지도부는 이 유학생의 논리에서 조금도 벗어나지 못하고 있다. 북한은 미국의 적대시 정책과 이명박 정권의 대북 압박정책을 경제적 어려움의 원흉으로 지적한다. 적어도 20년 만에 북·중 국경 취재에 나선 기자로서는 납득할 수 없는 주장이다. 북한 지도부가 두만강과 압록강변의 깎아지른 듯한 산비탈의 다락 밭에 매달려 일하는 북한 주민들의 생활상에 대해 책임을 느껴야지 어떻게 다른 곳으로 화살을 돌릴 수 있단 말인가.

북한은 요즘 들어 중국과 맺은 압록강 황금평과 라선 특구 개발사업에 상당한 기대를 표시하고 있다. 하지만 과연 이들 사업이 북한 경제에 획을 그을 정도로 엄청난 효과를 가져올지는 의문이다.

중국의 관심은 오랜 숙원인 동해로의 통로 확보에 쏠려 있다. 동북지방의 산업화로 생산되는 공산물과 농산물을 라선을 통해 중국 남부와 해외로 수송하는 것이 중국의 절박한 경협 목적이라는 뜻이다. 북한은 라선 지역을 임가공무역과 무역지대로 개발하기를 희망하고 있지만, 낙후된 동북지방 개발에 정책의 우선순위를 두고 있는 중국이 도로·항만과 창고 건설 외에 얼마만큼 라선 개발에 힘을 쏟을지는 미지수다.

그나마 라선 개발은 전망이 나은 편이다. 황금평은 전망이 더욱 불투명하다. 북·중이 기공식을 가진 지 달포가 지났지만 황금평에서 개발의 기미를 느끼기 어려웠다. 철조망 너머로 농민들이 한가롭게 농사짓는 모습만 눈에 띌 뿐이었다. 황금평과 불과 도로 하나를 사이에 둔 어마어마한 넓이의 단둥 임항산업

단지는 사실상 나대지 상태였다. 자국 중심주의에 젖어 있는 중국이 어느 쪽에 역점을 둘지는 묻지 않아도 뻔하다. 현지의 일반적 여론도 그랬다.

지난 20년간 허송세월을 한 북한이 핑계로 현실을 더 이상 감추기는 힘들다. 지도부의 의식전환이 멈춰 버린 북한의 시계를 움직일 수 있는 최소한의 필요조건이 아닐까 싶다. 20년 시간여행 끝에 내린 결론이다.

_ 경향신문, 2011년 7월 12일

• • •

뉴 미디어의 발달로 언론 환경이 급격하게 변하면서 신문사에서 오피니언 면이 차지하는 위상은 갈수록 높아지고 있습니다. 신문의 기능이 단순히 사실의 전달에 머물지 않고, 의견 교환의 장으로서 중요성이 부각되고 있기 때문입니다. 이러한 흐름의 중심에 논설위원이 있다고 생각합니다. 그런 점에서 신문사들이 제도상 개선할 점이 많습니다. 당장 오피니언 면의 담당 주체에 대해 지적할 수 있습니다. 대부분 신문사들이 편집국에서 하고 있습니다. 그리고 오피니언 면의 성격에 대해서도 조정할 필요가 있습니다.

논설위원들은 사설을 통해 오랜 취재 경험과 객관적 정보를 토대로 회사의 의견을 밝히거나 칼럼을 통해 자신의 의견을 밝힙니다. 글을 쓸 때마다 논설위원들이 고민하는 것은 자신의 글이 사실에 근거하고 있는지 여부와 과연 대중의 공감을 불러일으킬 수 있는 것인가 하는 점입니다. 우리 사회의 현주소와 앞으로 나아갈 길을 알기 위해서는 신문, 그중에서도 논설위원들이 쓰는 오피니언 면 기사를 읽는 것이 지름길인 만큼 이 면에 대해 더욱 큰 관심을 갖길 부탁합니다.

Q 논설위원과 칼럼니스트의 역할에 대해 잠시 언급했는데 좀 더 구체적으로 설명해주세요.

A 앞에서 말했지만 한국 신문사에서는 논설위원들이 사설과 칼럼을 쓰고 있습니다. 그러다 보니 칼럼도 자연히 회사의 논조와 일치하는 방향으로 쓸 수밖에 없지요. 그러나 미국은 논설위원과 칼럼니스트는 완전 분리돼 있습니다. 오피니언 면을 논설위원실이 관리하기는 하지만 칼럼니스트들은 회사의 논조에 영향을 받지 않습니다.

재미있는 사례를 소개하겠습니다. 2004년 제가 국제부장으로 있을 때 아침 회의에서 한 기자가 〈뉴욕 타임스〉가 민주당 후보인 존 캐리 후보를 비판했다고 보고하는 거예요. 저는 진보적 중도를 지향하는 〈뉴욕 타임스〉가 그럴 리 없다고 생각했습니다. 그래서 근거가 무엇인지 물었습니다. 기자가 연합뉴스를 보고 그대로 보고한 것이었습니다. 다시 연합뉴스의 기사 근거가 무엇인지를 추적시켰습니다. 한참 걸려 답을 얻었는데 〈뉴욕 타임스〉의 칼럼니스트인 데이비드 브룩스가 쓴 글이 출발점이었습니다. 보수주의자인 이 친구가 쓴 글을 갓 부임한 통신사 특파원이 읽고 〈뉴욕 타임스〉가 존 캐리 후보를 비판했다고 쓴 것입니다. 그냥 받아썼다면 완전히 잘못된 정보가 나갈 수 있었던 거죠. 그다음에 〈뉴욕 타임스〉의 '사설'을 보니 존 캐리 후보 지지였습니다.

이러한 일이 일어날 수 있는 이유는 한 신문사에 보수, 진보와 같이 서로 다른 성향의 칼럼니스트들이 있고 이들의 글이 실리기 때문입니다. 완전보수, 중도보수, 중도진보, 완전진보의 입장을 갖고 있는 다양한 사람들이 한 신문에 칼럼을 쓰고 있습니다. 신문 지면에서 다양한 사람들의, 다양한 생각을 만날 수 있는 것이죠. 미국 신문의 오피니언 면은 그야말로 공론의 장입니다.

우리 신문을 보면 그렇지 않죠. 방향성이 있고, 이것을 읽으나 저것을 읽으나 비슷한 내용입니다. 오랜 기간 동안 보수지는 보수지대로, 진보지는 진보지대로 자기 시각에 맞는 내·외부 필자들에게 글을 맡기다 보니 이러한 경향이 굳어졌습니다. 신문이 이렇게 된 데는 신문사에도 책임이 있지만 독자들에게도 책임이 있습니다. 〈경향신문〉의 경우 윤여준

씨에게 칼럼 지면을 줬을 때 왜 보수 성향의 사람에게 공간을 주느냐는 비판이 안팎에서 쏟아졌습니다. 특히 젊은 기자들의 불만이 많았습니다. 독자들이 다른 성향의 의견을 용납하지 않는 것이지요.

그러나 저는 신문은 기본적으로 다양한 생각이 자유롭게 만나고 교류할 수 있는 공간이어야 한다고 생각합니다. 그런 점에서 사설과 칼럼을 분리해 논설위원들이 칼럼을 쓰지 않도록 하는 것이 바람직합니다.

Q 외교 분야의 전문 기자로서 우리나라 신문의 국제 이슈 보도에 대해 어떻게 생각하시는지요?

A 1992년 1월부터 약 20년간 외교부 출입기자, 워싱턴 특파원, 국제부장, 외교 · 안보 담당 논설위원으로 우리 외교의 현장을 직 · 간접적으로 지켜보았습니다. 그 과정에서 한국 언론

이 바깥 돌아가는 것에 둔감하고 사안을 자기중심적으로 보는 경향이 강하다고 느꼈습니다. 국제적 이슈를 보면서 우리 식으로만 본다는 거죠. 또 양적으로도 세계화가 된 만큼 국제 이슈를 다루는 사설이나 칼럼이 많아야 하는데 부족합니다. 그리고 그러한 이슈들을 전문적으로 소화할 수 있는 사람이 별로 없는 것도 문제입니다.

얼마 전 저희 신문에서 미국이 해군병력의 60%를 아시아에 주둔시킨다는 기사를 썼습니다. 그것을 서해하고 연결시켜 의미를 부여해서 쓴 것입니다. 그런데 서해는 극히 일부분일 뿐입니다. 미 해군 병력의 아시아 주둔을 미중 간의 대립이라는 큰 시각에서 봐야 하는데 우리는 서해라는 좁은 시각으로 접근한 것이죠. 미·중 간의 대립은 서해에서만 끝나는 것이 아니라 베트남, 버마 해상까지 일어나고 있습니다. 이것을 마치 서해에서 위기감을 고조시키는 것이라고 바라본다면 무리가 있습니다. 서해가 우리 문제이긴 하지만 더 넓은 시야에서 국제 관계적 안목을 가지고 접근하지 못한 데 대한 아쉬움을 느꼈습니다. 굉장한 침소봉대이죠.

그리고 독자들의 관심도 제한적입니다. 우리 정치인들의

문제를 거론하면 댓글이 많이 달려도 외교 문제, 국제 문제에 대해 글을 쓰면 잠잠해요. 그만큼 지식이나 관심이 덜하다는 뜻으로 해석할 수밖에 없습니다. 그래서 쓰는 사람들도 약간은 방심하게 되는 측면도 있는 것 같습니다. 어떻게 보면 외교, 국제 문제가 더 중요할 수도 있는데 말이죠.

내가 지키는 글쓰기 원칙

08

대중의
마음을 움직이는
글쓰기

이규연(중앙일보 논설위원)

우리의 글은 철저하게 대중을 위해 존재합니다.

그 사람들의 마음을 움직이기 위해 글을 써야 해요.

그것이 기자의 글이 갖는 숙명이자 즐거움입니다.

20년 전께 뉴질랜드의 번지점프대에 선 적이 있었습니다. 좁은 협곡 사이에 놓인 낡은 폐철교에서 뛰어내려야 했어요. 점프대에 올라보니 공포감이 장난이 아니었어요. 발밑에 내려다보이는 계곡에선 사람을 삼켜버릴 듯한 급류가 흐르고 양쪽 절벽에선 튀어나온 암석들이 햇빛에 반사돼 눈을 위협하고 있었습니다. 순간, 별 생각이 다 들더군요. 몇 년 전 신체검사에서 심장이 약하다고 나왔는데 혹시 점프하다 심장이 멈추는 건 아닐까, 발목을 묶은 로프가 풀리지는 않을까, 고무밴드가 너무 길어 계곡바닥에 머리가 닿지 않을까.

카운트다운이 시작됐을 때 올려다본 하늘은 온통 코발트빛이었습니다. 공포감을 배가시켰지요. 결국 저는 그 공포에 패배해 점프대를 내려오고 말았습니다. 몇 년 뒤에 국내에서 다시 번지점프대에 설 기회가 있었습니다. 뉴질랜드 때보다 높이가 낮고 물결은 부드러우며 로프도 단단히 묶여져 있는 것처럼 느껴졌습니다. 실제로 그랬는지는 알 수 없지만요. 마침내 첫 점프에 성공했습니다. 이후 경험이 쌓일 때마다 '점프 공포'는 조금씩 사라졌고 지금도 겁이 나는 건 사실이지만 그 강도는 매우 약해졌습니다.

저는 대중 글쓰기를 얘기할 때 뉴질랜드 번지점프의 경험을 인용하곤 합니다. 기자가 되기 전에 제가 작성한 글은 자신이 보기 위해 쓰는 일기, 교수나 교사에게 보여주기 위해 쓰는 리포트나 숙제가 거의 대부분이었습니다. 가끔 백일장에 나가 쓴 시로 상을 받았지만 이 역시 심사위원을 향한 글이었어요. 그런데 기자가 되고 나서 제가 쓴 글이 수십, 수백만 명의 독자를 향해 순식간에 배달된다고 생각하니, 여간 겁나는 게 아니었어요. 번지점프대에서 느꼈던 로프, 고무밴드에 대한 우려는 글쓰기에도 똑같이 나타났어요. 단어와 문장이 틀린 건 아닐까, 구성이 엉성하지 않을까, 남들이 알아듣지 못하는 외계인 표현을 쓴 것은 아닐까.

국내 번지점프 때의 경우처럼, 글쓰기 경험이 누적되면서 공포는 점차 누그러졌습니다. 어느 순간에 이르자 미디어 글이 일기나 리포트와 별반 다르지 않다는 생각을 하게 됐습니다. 아시다시피, 신문이나 방송에 사용되는 글의 단어와 표현은 제한돼 있습니다. 팩트fact을 기반으로 하고 누구나 쉽게 읽을 수 있어야 하기 때문입니다. 구성 역시 논문이나 소설이나 수필보다 더 치밀하지 않습니다. 특별한 경우가 아니면 길어야 원고지 2,000자 내외여서, 서사 구조를 뽐낼 여지가 좁기 때문입니다. 몇몇 포맷과 어법만 머리와 손으로 익히면 그만입니다. 다만 명심할 것이 하나 있다면 대중의 생각을 읽고 대중의 어법에 따르며 그들 편에 서는 훈련을 평소에 꾸준히 해야 한다는 점입니다.

사실 글쓰기에 대해 깊게 생각해볼 여유는 없었습니다. 다만 제가 글을 좋아했었고, 쓰기도 했고 JTBC 개국 당시 느낀 점도 있기 때문에 이런 것들을 정리해서 말씀드리겠습니다.

아직 우리나라 방송은 개선할 점이 많습니다. 제가 방송을 준비할 때 외국을 많이 다녔어요. 스무 군데가 넘는 방송국을 가 봤습니다. 나라마다 방송 시스템, 문화가 상당히 다르더라고요. 우리가 가지고 있는 틀이 있는데 그게 절대 다가 아니었어요.

스페인의 탐사보도 프로그램을 예로 들어보지요. 굉장히 탐사성이 깊은 프로그램이었고, 우리 것보다 훨씬 전문적이에요. 그런데 처음에 무희가 나오는 것으로 시작해요. 춤을 춥니다. 우리로 치면 유재석, 강호동 이런 사람이 나와서 만담 식으로 막 떠들어요. 총리가 어떻고 정치가 어떻고 하다가 "그런데 이게 어떻게 되는지 궁금하네?" 하면 딱 화면 전환이 되면서 아주 수준 높은 탐사보도가 등장합니다. 그것을 예능화돼 있다. 연성화돼 있다고 비판만 할 수 있나요? 많은 사람들이 관심을 갖도록 하기 위해 그런 장치를 해둔 거죠.

제가 JTBC 뉴스룸을 세팅할 때 일본의 TV 아사히의 〈보도 스테이션〉이라는 데일리 뉴스 프로그램을 많이 벤치마킹했습니다. 70분짜리 보도 프로그램입니다. 일본 NHK를 넘어서고 일본 메인 뉴스의 간판입니다. 시청률이 15~17퍼센트 됩니다. NHK 뉴스가 원래 10시였는데 이 아사히 뉴스 때문에 9시로 밀렸어요. 그 정도로 절대강자이구요. 1985년서부터 1위 프로로 등극해서 지금까지 이어져옵니다. 그 프로그램을 보면 네 꼭지가 나와요. 네 개의 주제를 갖고 주제별로 매일매일 10분씩 다룹니다.

우리나라 방송에서는 그렇게 하면 시청자들이 채널 돌린다고 말해요. 하지만 그게 아니라는 거죠. 우리 JTBC 뉴스는 〈보도 스테이션〉의 방식과 비슷하게 해보려고 노력했습니다. 기본적인 아이디어는 바로 이 두 개의 프로그램에서 가져온 것이지요.

앞으로 방송 저널리즘은 발전할 가능성이 굉장히 많다고 생각합니다. 콘텐츠를 표현하는 부분에서 너무 제한적으로만 일을 해왔기 때문에 고쳐야 할 부분이 많습니다. 현재 뉴스는 집중력도 떨어지고 입체감도 없습니다. 그것을 신생 방송사 입장에서는 어떻게 관행을 깨볼까 늘 고민을 하고 시도해볼 수 있다는 장점이 있습니다. 이런 것들이 글쓰기와 관련이 없을 수도 있지만 어쨌든 저널리즘이라는 둘레는 같은 것이고 전반적 환경을 알아야 한다고 생각하기 때문에 말씀드렸습니다.

2005년도에 제가 쓴 루게릭 병 관련 기사를 같이 보겠습니다. 2010년에 『눈으로 희망을 쓰다』라는 책으로 나왔습니다. 취재기를 에세이 형태로 해서 3주간 교보에서 베스트셀러를 했습니다. 2년 동안 6쇄까지 찍었지요. 책의 수익금은 루게릭 병 단체에 돌아갔고요. 전직 농구선수가 루게릭 병에 걸렸는데 안구 마우스라고 하는 특수 장비로 사람들과 대화하는 것을 6개월 동안 이메일로 취재했습니다. 하루에 두 번 정도 이메일을 하면서요. 그것을 가지고 사회면에 3회를 쓰겠다고 회사에 얘기를 했더니 1면에 하라고 해서 1면으로 한 번에 두 페이지씩 5회가 나갔습니다. 그때 고故 김근태 복지부 장관과 같이 찾아가서 환자를 만나고 희귀 난치병 환자들에게 월 20만 원씩 지원하는 제도를 만들게 됐어요. 이 글은 당시에는 파격이었습니다. 여기저기서 1면 기사가 왜 이러냐, 지어낸 얘기냐, 이런 얘기도 들을 만큼 새로운 시도였습니다.

· · ·

우리는 가끔 정신이 육체에 갇히는 꿈을 꾼다. 몸부림쳐도 사지를 움직일 수 없는 가위 눌림. 아주 드물지만 이것을 현실로 받아들여야 하는 사람들이 있다. 운동신경만 서서히 파괴돼 결국 의식이 또렷한 상태에서 죽음을 맞이해야 하는 '세상에서 가장 잔인한 병'에 걸린 이들. 키 2m02㎝의 농구인 박승일(34. 전 연세대, 기아차 선수 및 현대모비스 코치) 씨도 그런 사람이다. 그가 올 7~10월 기자에게 보내온 40여 편의 e-메일은 띄어쓰기 없이 군데군데 철자가 빠지고 틀려 있었다. 다음은 메일 중 발췌한 내용.

여름엔모기가내가보는앞에서
당당히내피를포식해도불난집구경하듯바라만볼수밖에없다.

어느 날 승일의 길고 가는 팔에 모기가 날아와 앉는다. 따끔한 느낌. 몹쓸 곤충이 피를 빨아먹는데도 그는 바라만 볼 수밖에 없다. 축 늘어진 팔다리를 뒤척일 수도 없는, 그러면서도 감각은 끔찍할 정도로 완벽하게 살아 있는 루게릭병 환자의 비극적 운명. 순간 그는 독백한다. "이건 지상 지옥이다."

_ 중앙일보, 2005년 11월 9일

• • •

내가 지키는 글쓰기 원칙

글쓰기 관련 교육을 할 때 수습기자나 예비 언론인들에게 이런 말을 자주 합니다. 글쓰기 연습은 휘트니스 센터에서 근육을 단련하는 것과 같다. 열심히 써보고 사색하는 사람에게는 '기사 잘 쓰는 근육'이 생긴다. 그리고 이런 얘기도 합니다. 글쓰기는 자화상을 그리는 것이라고, 이름을 가리고 글을 읽었을 때 "아, 이런 사람의 칼럼이구나." 하는 소리를 들을 수 있어야 한다고. 따라서 '창조를 위한 연습'이야말로 최고의 글쓰기 전략이라고 생각합니다.

글쓰기는 파괴이다

몇 년 전 디자인에 관심이 있어서 관련 공부를 조금 한 적이 있어요. 디자인의 역사 이런 거요. 그런데 보니까 디자인의 역사가 오래 된 게 아니더라구요. 디자인이라는 개념이 정립된 게 한 200년 전쯤 됐을까요. 19세기 산업사회에 들어서면서 생긴 거죠. 획일적인 생산품을 많이 만들어내다 보니까 개성, 인간성이 파괴가 되는 것이고 그러면서 디자인이 시작돼요.

디자인은 꾸미는 게 아닙니다. 파괴입니다. 저는 글쓰기란 파괴라고 생각합니다. 기존 글에 대한 파괴죠. 앞에 말씀드린 기사를 쓰고 나서 내러티브 리포팅이라는 코너를 만들었어요. 그래서 그 부서를 기자들에게 개방했어요. 1년 반 동안 사회 에디터를 하면서 굉장히 글 잘 쓰는 사람들을 발굴해냈어요. 기자들에게 알아서 취재할 것을 구성해서 써보라고 기회를 주니까 틀 안에 박힌 데서 벗어나서 자유롭게 쓰기 시작하는 거예요. 딱딱한 획일화에서 벗어나니 훨씬 좋은 기사들이 나왔습니다. 후배들에게도 좋은 사례가 됐죠.

글쓰기는 모방이다 글쓰기가 그냥 나오는 건 아니거든요. 남이 쓴 것을 많이 보고 연구를 해야 돼요. 좋은 리포팅이 있으면 계속 읽어봐야 합니다. 국내에 좋은 보도가 아주 많지는 않습니다. 저는 여러분들께 퓰리처상을 수상한 글들을 읽어보라고 권하고 싶어요. 홈페이지 들어가면 다 있거든요. 미국 니면 재단에서 만든 사이트에 들어가면 좋은 글들이 많습니다. 사실 라이팅과 관련해서는 부끄러운 얘기지만 미국에 비해서 우리나라 저널리즘 글쓰기가 많이 부족합니다. 물론 몇몇 기자들이 새롭게 시도하고 잘하는 점도 있지만 너무 획일적이에요. 그러나 많은 좋은 글들을 접하면서 흉내 내고 자기 것으로 만들어야 해요. 자꾸 모방을 해야 합니다.

개인적으로는 〈중앙일보〉 오피니언 면에 매일 연재되는 '시시각각'와 '분수대'라는 칼럼을 자주 읽었으면 좋겠습니다. 참신한 생각이 칼럼에 녹아있으며, 문체도 비교적 자유롭습니다. 또 미국 하버드대학에서 운영하는 니먼저널리즘재단 사이트(http://www.nieman.harvard.edu)에 들어서 '스토리보드'storyboard라는 코너를 클릭에 보세요. 재미있고 경이로운 스토리(주로 미국 신문 기자)가 많이 올라옵니다. 모방하기에 안성맞춤이지요.

글쓰기는 독심술이다

제가 글쓰기 교육을 후배들에게 시킬 때 꼭 이야기하는 게 있습니다. 처음 들어가서 선배들에게 반드시 깨지게 되는 게 있는데, 그게 뭐냐면 "너만 아냐?" 이것입니다. 상업적 글쓰기 훈련이 덜 돼 있는 사람은 자기만 알게 글을 씁니다. 신문을 보면 전제가 뭡니까? 우리의 글은 자기를 위해 존재하는 게 아닙니다. 특정 그룹을 위해 존재하는 것도 아닙니다. 철저하게 대중을 위해 존재합니다. 그것이 기자의 글이 갖는 숙명이자 즐거움입니다. 그렇기 때문에 이 글을 읽고 상대방이 어떻게 나올지, 시청자나 독자가 어떤 생각을 가질 것인지를 반드시 생각해야 돼요. 그 사람들의 마음을 움직이기 위해 글을 써야 해요. 감동을 줘야 하죠.

글쓰기는 상술이다 옷가게에서 사람들을 불러 모아 파는 과정과 글쓰기로 사람의 마음을 움직이는 과정은 같습니다. 그래서 사람의 마음을 끌어내는 심리적 단계에 글쓰기를 붙여봤습니다.

상점을 보면 쇼윈도에 예쁜 옷도 걸어놓고 간판도 걸어놓고 그러잖아요. 이게 주목을 끄는 첫째 단계입니다. 기사에서는 리드를 참신하게 써서 독자의 흥미를 끌어내야 해요. 글 안으로 들어오게 만들어야죠.

둘째는 상점에 들어갔을 때 손님을 잘 맞이해야 되잖아요. 주인이 멀뚱히 앉아 있으면 안 되고 친절하게 해야죠. 글쓰기 단계에서도 리드를 보고 들어온 독자들에게 앞으로 이 글이 전개될 것이고 흥미진진할 것이니 계속 읽어라 이렇게 해야 되는 거예요.

셋째, 들어와서 진열 상품이 여러 개 보여요. 바지를 사고 싶은 사람에게 그 물건에 대해 자세히, 구체적으로 설명해줘야 해요. 글에서도 사실과 관점이 다양한 정보 이런 것들을 계속 풍성하게 설명을 해줘야 된다는 거죠. 그것을 보면서 독자나 시청자가 아 이런 측면 저런 측면이 있구나 생각하게 되죠.

그다음 넷째 단계는 만족화 단계입니다. 상점에서는 고민하는 고객들에게 '이 물건이 이래서 좋습니다' 얘기를 합니다. 글에서는 여러 가지 논점이나 사실들을 던져냈는데 그 안에 어떤 것이 중요하고 어떻게 보는 게 좋을 것 같다는 것을 설명하는 것입니다.

마지막 단계는 펀치라인입니다. 상점에서 '이것을 사시죠.'라고 찍어주는 것처럼 글에서도 결론을 내줘야 합니다. 사람의 마음을 움직이는 것입니다. 그래서 저는 글쓰기가 상술이라고 생각합니다. 시청자와 독자를 움직여야 하는 상술인 거죠.

글쓰기는 재미이다　　JTBC가 신생 방송국이다 보니까 기자들이 하루에 14시간에서 16시간 정도 일해요. 저도 보통 16시간 회사에 있었습니다. 그렇다고 해서 월급을 훨씬 더 주는 것도 아니구요. 그래도 제가 하는 얘기가 있어요. 힘들기는 하지만 여러분이 재밌게 창조적으로 일할 수 있게 보장해주지 않냐는 거예요. 리포트를 재밌게 만들면 다 틀어주겠다고 했어요. 글은 무조건 대중에게 재미를 줘야 합니다. 그 재미가 어디서 오느냐면 내적 재미가 있어야 합니다. 쓰는 사람이 재밌는 마음으로 써야 합니다. 하는 사람이 재밌어야 결과물도 재밌는 것입니다.

2012년 여름 이슈가 됐던 지하철에서 담배 피운, 이른바 '담배녀' 추적 보도를 내보낸 적이 있습니다. 6개월밖에 안 된 기자가 만들었는데요. 다른 방송에서는 지하철에서 담배 피운 여자 동영

상만 틀었어요. 그때 우리 기자는 주변을 쫓고 추적하고 했어요. 누가 시키지도 않았는데 말이죠. 우리가 생각하는 저널리즘 입장에서는 그리 중요한 것도 아니에요. 근데 기자가 재밌게 생각하고 궁금증을 가진 것이죠. 그건 5~10년차 된 기자들에게서는 안 나와요. 새로 들어온 기자들에게서 많이 나와요. 그래서 저는 새로 들어온 기자, 피디들과 일하기를 좋아합니다. 같이 얘기하다 보면 뭔가 많이 나와요.

예를 한 번 들어볼까요? 예전에 중앙일보에서 발행하는 고급 주간신문인 〈중앙 선데이〉에 실린 글인데 어떤 여자가 암에 걸려서 죽기까지의 과정을 담았어요. 가족들과 대화 내용을 담고 글 시작은 희곡 대본처럼 합니다.

. . .

6개월 시한부 선고를 받은 김점자 씨. 처음엔 밤마다 울며 신을 원망했다. 억울했다. 잔인했다. 남편과 두 아들을 돌보느라 자신을 위해선 동전 한 푼 써본 기억이 없는데, 그렇게 악착같이 살았는데……. 서울 남산 모현 호스피스를 찾은 김점자 씨가 아로마 치료를 하고 있다.

#1. 프롤로그 : 첫 만남

2006년 3월 중순

말기암 환자 "황홀"을 말하다

'천 원짜리 인생'이었다고 그는 말했다. 무거운 시장바구니를 들고 아이를 업었으면서도 버스비 몇 백 원을 아끼려고 먼 길을 걸어가던 주부의 삶이었다. 김점자. 서울 상계동 수락산 자락에 사는. 경찰공무원을 퇴직한 남편과 두 아들, 애완견 하나를 가족으로 둔 올해 55세의 주부. 2006년 3월 그를 처음 만났다. 당시 보름 전에 '6개월 시한부 선고'를 받은 상태였다. 하지만 그에게서 죽음의 그림자를 엿볼 수 없었다. 누구보다 크게 웃었고 누구와도 밝게 대화를 나눴다. 준비하고 떠날 수 있어 다행이라고. 남은 동안은 '이천 원짜리 인생'으로 살다 가고 싶노라고.

한 호스피스의 소개로 연명치료를 접고 편안한 마음으로 생의 마지막을 준비하는 사람, 김점자 씨를 알게 됐다. 그리고 430여 일간 김씨가 과거와 현재를 정리하고 새로운 미래를 받아들이는 과정을 지켜봤다. 저명한 정신의학자인 엘리자베스 퀴블러 로스는 임종자들을 관찰해 '죽음에 이르는 심리 5단계'를 찾아냈다. 거부와 부정–분노–타협–절망과 우울–수용이 그것이다. 김씨도 비슷한 과정을 거쳤다. 다만 다른 점은 그에

겐 수용 이후의 6단계, '이타적 삶'으로 자신의 존엄을 높이는 승화의 단계가 더 있다는 것이다. 암 세포가 몸통을 점령하는 극한 상황에서도 그는 차분히 자신을 정리하고 시신 기증 서약까지 했다.

인생의 끝이 예고된 사람을 만나는 일. '웃어도 될까. 동정하는 마음이 알게 모르게 드러나 상처를 주면 어쩌지. 죽음이라는 단어는 안 쓰는 게 좋겠지.'

김씨를 만나기 전 이런저런 걱정에 휩싸였다. 서울 남산 자락의 모현 호스피스를 향해 걷는 발걸음이 무거워졌다. 그를 만나는 순간 걱정은 날아갔다. 그는 아들을 대하는 어머니처럼 따뜻한 미소로 맞아주었다. 굳은 표정의 기자와 서로 간단한 자기소개를 한 뒤 그의 입에서 나온 첫 단어는 뜻밖에도 '황홀'이었다.

"기자님은 황홀한 거 경험해 보셨어요? 저는 여기(호스피스)와서 그걸 느껴요. 이렇게 편안할 수가 없어요."

'황홀'이라니, 잘못 들은 것은 아닐까. 아니었다. 이어서 나온 단어가 '감사'였기 때문이다.

"통증이 있는데 약(몰핀)은 안 먹어요. 모든 것에 감사하는 마음이 진통제나 마찬가지거든요."

대화가 이어지면서 수다쟁이 아주머니의 거침없는 말 속에 빠져들었다. 편안하고 유쾌했다. 황홀을 이해할 듯했다. 자연스럽게 박장대소도 나왔다.

요즘 아들과 서울 근교로 꽃 구경을 다닌다는 이야기를 하던 그가 갑자기 먼저 묻는다.

"기자님 죽음에 대해 어떻게 생각하세요."

당황해 아무 대답을 하지 못했다. 어색해 묻지 못한 맘을 알아서 대신 물어준 것일까. 금세 그가 내린 결론을 들려준다.

"축복이지요."

'축복'이라는 단어에 다시 혼란스러워졌다. 궁금증도 커졌다. 무엇이 그를 그토록 초연하게 만들었을까. 혹시 내가 죽음을 잘못 이해한 것은 아닐까.

세상과 이별이 예고된 사람들은 모두 저럴까. 그와 첫 만남 후 써놓은 취재수첩에는 물음표가 넘쳐났다.

_ 중앙선데이, 2007년 6월 12일

• • •

후배가 글을 갖고 와서 이렇게 써도 되겠냐고 해서 한 번 해보라고 했어요. 그래서 나갔어요. 기자는 아마 쓰는 동안 무지무지 스스로 재미를 느꼈을 거예요. 시키지 않아도 밤새서 일합니다.

자기가 재밌으니까. 스스로 재미를 느낄 수 있어야 이 일을 오래 할 수 있고 좋은 글을 쓸 수 있습니다.

글쓰기는 마지막이다 우리나라에서 글을 보면 리드, 본문, 결론 이렇게 있습니다. 가장 후진적이고 형편없는 부분이 마지막이라고 생각합니다. 대부분이 '전문가는 ~라고 말했습니다, 끝' 이런 식이에요. 근데 외국에서 저널리즘을 가르칠 때 글, 신문의 끝은 무엇이어야 하느냐고 하면 여운을 줄 수 있어야 한다고 해요. 다시 말해 글은 마지막이 중요하다고 생각합니다. 마지막 멘트, 마침표가 끝났을 때 시청자, 독자들이 짧지만 10초라도 생각에 잠길 수 있게 하는 것. 그래야 좋은 글이라고 생각합니다. 자, 여기 예시 글을 읽어보세요.

· · ·

공항 활주로 리무진 안에서 캐서린 캐시는 맑은 하늘을 보았다. 뱃속에서 아이가 발로 차는 것을 느꼈다. 그녀가 말했다. "아이가 움직이고 있어. 그가 움직이고 있다고." 그녀의 친한 두 친구는 부드러운 가죽 시트에 몸을 숙인 채 그녀의 배에 손을 댔다. "나도 느꼈어. 나도 마찬가지야." 밖에서는 제트 엔진

소리가 들려오고 있었다. "오, 내 사랑." 그녀의 친구가 말했다. "나는 이게 그의 비행기인 것만 같아." 세 여인은 선팅된 창을 통해 밖을 바라봤고 캐서린은 태어날 아이와 같은 이름이 새겨진 군번줄을 손에 꼭 쥐었다. 제임스 J. 캐시. "그는 이렇게 오기로 되어 있지 않았어." 그녀가 목걸이에 연결된 결혼반지를 손에 꼭 쥐며 말했다. (중략) 그들은 비행기 안에서 영구차를 보았고 하얀 장갑을 낀 해병이 리무진 안으로 손을 뻗어 임신한 여인이 차 밖으로 나올 수 있도록 도와주는 장면도 보았다. 활주로에서 캐서린 캐시의 눈은 화물칸과 성조기로 감싼 관에 고정됐다. 비행기 안에서 그들은 울음소리를 들을 수 없었다.

· · ·

자, 글 내용을 상상해보세요. 어떤 임신한 여자가 비행기 안에서 친구와 얘기를 하고 있죠. 남편이 전쟁터에 갔다가 시체로 돌아오는 겁니다. 이 시신을 맞이하러 가는 길이에요. 이 기사가 라이팅 부분 퓰리처상을 받았죠. 제가 굉장히 좋아하는 글이에요. 맨 나중 문장 때문입니다. 여기서 '그들'이라고 하는 것은 같이 비행기를 타고 온 승객들이에요. '그들은 울음소리를 들을 수 없었다'는 거죠. 그런데 여러분, 내러티브가 무엇이고 스토리가 무엇인지

머리에 그려봅시다. 미국은 전사자가 들어오면 관이 먼저 들어오고 그 전까지는 승객들이 내리지 않습니다. 관이 내리고 공항에서 성대한 의식을 치릅니다. 바로 그 장면이에요. 캐서린이라는 여자가 관을 싸고 우는데 맨 마지막 그 안에 있는 승객들은 그 울음소리를 들을 수 없었다는 거예요. 그 한 문장에 굉장히 많은 생각과 의미가 담겨 있죠. 뭉클하고요. 이 글은 짧지만 완벽한 서사구조를 갖고 있어요. 발단 – 전개 – 절정 – 결말의 구조를 충실하게 따르고 있습니다. 집 출발 – 차 안에서 대화 – 공항에서 남편의 시신 대면 – 아내의 울음 등으로 글이 전개됩니다. 모든 서사구조에는 인물 간의 대립이 있어야 하는데요, 결말에서 '전쟁의 참상에 무관심한 그들'과 '전쟁터에서 남편을 잃은 그녀'가 맞서고 있어요.

지방지의 한 기자가 스트레이트 기사를 하나 썼습니다. 700~800자로 보내왔어요. 다시 취재할 것을 주문하고 예시로 보여준 저 기사를 생각하면서 제가 1,200자 글로 짤막한 스토리를 만들어 썼어요.

• • •

집에서는 의외로 죽음의 흔적을 찾을 수 없었다. 현관 입구에는 여느 집과 마찬가지로 가지런히 놓인 신발이 손님을 맞았다. 아들이 숨을 거둔 방의 침대도 말끔히 정리돼 있었다. 20년 이상 힘겹게 살아온 탓인지 집에는 흔한 가족사진 하나 눈에 띄지 않았다. 주인을 잃은 휠체어만 구석에 덩그러니 놓여 있었다.

"호흡기를 떼는 순간 진짜 세상에 아무것도 안 보였어요."

10일 아버지 윤설장(52 · 전남 담양군 창평면) 씨가 큰아들 석천(27) 씨와 작별하던 순간을 떠올릴 때, 그의 눈가에 투명 액체가 내비쳤다.

이틀 전인 8일 오전 11시, 아버지는 중대한 선택을 했다. 광주병원 병실에 누워 있는 아들의 입에서 인공호흡기를 뗀 것이다. 아들을 싣고 집으로 돌아오는 길은 13㎞. 아무 생각이 들지 않았다고 했다. 심지어 자책감마저도…… 아버지는 집에 도착해 침대에 아들을 눕혔다. 몇 시간 후 아들은 아주 조용히 숨을 거뒀다. 아버지는 경찰에 이를 알렸다.

가난한 집에서 태어나 중학교까지만 나온 윤씨의 삶이 순탄했을 리 없었다. 돈을 모아 조그마한 건물을 샀을 때 득달같이 불행이 찾아왔다(윤씨는 현재 여기에서 나오는 월 100만원가량의 임대료로 생활한다). 1980년대 중반이었다. 큰아들이 점차 근육이 줄어들어 루게릭병처럼 온몸이 굳는 '근이영양증'에 걸린 것이다. 치료약도 없는 병이었다. 이후 아버지는 광주의 장애인학교(은혜학교)까지 매일 아들을 태워 등·하교시켰다. 둘째 아들(23)도 발병해 같은 학교로 보냈다. 10년 넘게 그렇게 살았다. 동네 장애인 학생 2명도 같이 통학시켰다. 둘째 졸업식 때 '장한 어버이상'을 받았다.

두 아들의 병은 점점 나빠졌다. 2004년 부인과 갈등을 빚으면서 헤어졌고 애들 수발을 도맡게 됐다. 80㎏이 넘는 애들을 업어서 화장실 변기에 앉히고 뒤처리를 했다. 아버지 자신도 올 2월 위암 진단을 받아 수술을 했다. 애들 때문에 20일 만에 퇴원해야 했다.

지난달 11일 여느 때처럼 큰아들을 변기에 앉혔다. 방에서 TV를 보고 있는데 30분이 지났을까. "쿵" 소리가 났다. 큰아들은 개구리처럼 바닥에 쓰러져 있었다. 병원 응급실에 도착했을 때 뇌가 손상돼 식물인간 상태에 빠졌다는 진단을 받았다. 중환자실로 옮겼고 의사는 의식 회복이 거의 불가능하다는 진단을 내렸다. 시간이 지나면서 엉덩이에 욕창이 생겼다. '20년 고생한 아들을 편하게 보내주자'고 마음을 먹고 병원 측에 치료 중단을 수차례 요구했다. 담당 의사인 광주병원 내분비내과 김명수 원장은 안락사를 허용하지 않는 의료체계에서 말릴 수밖에

내가 지키는 글쓰기 원칙

없었다.

김 원장은 아버지 윤씨와 싸워가며, 때론 그를 달래가며 환자를 붙들어뒀다. 마음은 편치 않았다. "안락사·존엄사를 어떻게 봐야 할지, 고민하며 괴로워했어요." 하지만 현실을 따를 수밖에 없었다.

김 원장의 적극적인 만류에도 불구하고 윤씨는 입원 한 달 만에 극단적인 길을 택한 것이다. 자식을 스스로 숨지게 한 아비의 심정은 어떨까.

"경솔했어요. 식물인간(윤씨는 뇌사라고 표현)이라 편히 보내려 한 건데, 깨어날 가능성이 있었다면 그렇게 하지 않았을 겁니다. 20년 넘게 근육병 자식을 키워본 사람은 내 심정을 알 것"이라며 윤씨는 고개를 숙였다.

전 부인인 고모(49) 씨는 "더 살 수 있었다. 놔둬보자고 얘기했는데 일을 저지른 것"이라고 윤씨를 비난했다. 인근 이발소 주인의 말은 달랐다. "윤씨가 평소 얼마나 자식을 아꼈는데……." 경찰은 윤씨에게 살인죄를 적용하면서도 정상을 참작해 불구속 입건했다.

"전국에는 5000명가량의 근이영양증 환자가 윤씨 큰아들처럼 사투를 벌이고 있어요. 간호 여건 등이 좋지 않아 대부분 20

대를 넘기지 못합니다."(한국희귀난치성질환연합회 신현민 회
장)

　　화장된 큰아들의 유골은 뿌릴 곳을 정하기 전, 한동안 집 안
방에 보관돼 있었다. 바로 그 방에는 둘째 아들이 누워 있었다.

● ● ●

　어떻습니까. 마지막에 주는 여운이 있죠. 글을 쓸 때 여러분들
이 항상 기자가 되려면 남의 마음을 움직이도록 써야 하죠. 맨 마
지막에 여러분이 하고 싶은 말들을 직접적으로 내뱉는 것이 아니
고 사람들의 마음을 끌어오는 글을 쓰기를 바랍니다.

Q 신문사인 중앙일보와 방송국인 JTBC, 양쪽 모두 경험해본 분으로서, 언론 환경에 대해 이야기해주세요.

A 방송이 신문과 다른 점은 복잡한 기능을 가진 사람들이 협력하는 것이죠. 저널리즘이라는 것은 같지만 마음가짐은 조금 달라야 한다고 생각합니다. 신문기자는 혼자 하는 스타일이고 방송은 협업하지 않으면 절대 안 됩니다. 방송기자는 글만 잘 쓴다고 되는 일이 아닙니다. 영상과 그래픽이 협조해야 되고 편집, 기술부문, 진행 피디들과 협조하지 않으면 안 됩니다. 하다못해 분장실 분들과도 잘 알아야 하지요.

처음에 제가 보도 방송을 맡고 나서 1분 30초라는 벽이 있었습니다. '방송기사는 1분 30초를 기준으로 써야 한다' 이 얘기를 많이 들었고 이것이 상당히 과학적이라는 식으로 사람들이 말했어요. 그래서 저희가 뽑아서 테스트를 해보니 그렇지 않았습니다. 한 가지 내용을 가지고 6분까지 가봤습니다. 그것 때문에 시청률이 떨어지지는 않았습니다. 오히려 더 높은 경우가 많았습니다.

메인 뉴스에서는 스탠드 업을 하지 않습니다. 기자가 나와서 마이크 들고 "어디에서 누구누구 기자입니다." 이렇게 하는 것을 말합니다. 저는 보도국장 일을 시작하면서 이것을 없애겠다고 했어요. 그랬더니 방송 쪽에서 온 기자들이 난리치는 거예요. 기자들의 자존심인데 나와야 한다는 거죠. 그래서 저는 뒤에 가서 의미 없는 멘트를 치지 말고 현장 필요성이 있다면 중간에 나와서 설명을 하라고 했어요. 그러자 마지막 스탠드 업이 리포트가 끝났다는 것을 알려주는 신호라고 하더군요. 나는 왜 그것을 신호로 잡아야 하냐고 반문했습니다.

재밌는 것은 호흡이 긴 기사에 신문기자들이 잘 따라온다는 점이었어요. 한 3개월 정도 시키니까 발성이 방송 기자들과 비슷해져요. 물론 영상을 다루는 능력은 여전히 방송기자들이 우수하지만요. 그런데 기사가 길어지는 것을 방송기자들이 잘 못 따라오는 거예요. 1분 30초에 기준을 두고 전형적으로 써오는 방식이 있었잖아요. 그 방식을 한동안 깨지 못하는 거예요. 처음 3개월 동안은 신문기자들이 굉장히 힘들어했지만 시간이 지나니 방송기자들이 힘들어하는 겁니다. 방송에 오면서 나는 방송기자들이 왜 그럴 수밖에 없는지 깨달

내가 지키는 글쓰기 원칙

을 수 있었어요. 한국의 방송기자들이 화려해 보이지만 제작에 치여서 취재할 시간이 없어요. 신문기자들보다 방송기자들이 훨씬 오래 근무합니다. 신문보다 방송이 매일 한 2~4시간 정도 더 일합니다. 취재할 시간이 부족해요. 인터뷰이 구하기도 어렵구요. 한국의 제작 관행을 깨고 싶었는데 인원 부족이 걸림돌이 되더군요. 만약 지상파 방송국 정도의 인원이 확보된다면 충분히 깰 수 있다고 봐요. 기자는 취재하고 리포팅하는 것만 하는 거예요. 그게 맞습니다. 제작은 안에서 하구요. 세계 방송사를 봐도 이렇게 하는 곳이 없습니다. 그러니까 우리 방송기자들은 자기가 라이팅을 잘 할 시간도 없어요. 지금 인력의 두 배 정도만 되면 완전히 분리시킬 수 있다고 봐요. 이렇게 해서 방송기자들의 글쓰기가 많이 발전할 수 있다고 생각합니다.

신문 같은 경우 1988년도에 신문사 설립이 자율화됐고 신고제가 됐죠. 경쟁 체제가 된 것입니다. 제가 신문사 들어왔을 때 신문에 실린 글은 매우 획일적이었어요. 그런데 지금은 글쓰기가 많이 발전했습니다. 방송은 발전을 그만큼 안 했습니다. 서로 경쟁을 안 했기 때문이라고 생각해요. 정체돼 있었던 것이죠. 기계적으로 늘 해오던 것들 그대로 하는 거예요. 방송도 요즘이 경쟁 체제로 갈 수 있는 원년이 아닐까 생각합니다. 방송 글쓰기에 대한 제대로 된 고민이 올해서부터 시작되는 것이라고 생각합니다.

기획 이재경

서울대학교 영어영문학과를 졸업했다. 1982년 문화방송에 입사, 사회부와 경제부에서 기자로 활동했다. 미국 하와이대학교에서 커뮤니케이션학 석사학위를, 아이오와대학교에서 매스커뮤니케이션 박사학위를 받았으며, 1995년부터 이화여자대학교 언론홍보영상학부 교수로 재직 중이다.

저서로 『한국형 저널리즘 모델』, 『기사작성의 기초』, 『한국저널리즘 관행 연구』, 『방송보도』(공저), 『인터넷 취재보도』(공저) 등이 있으며 『저널리즘의 기본원칙』을 우리말로 옮겼다.

내가 지키는 글쓰기 원칙

펴낸날 초판 1쇄 2013년 3월 12일
　　　　 3쇄 2014년 1월 10일
기획 이재경
지은이 임철순 · 김순덕 · 오병상 · 오태진 · 박수련 · 이준희 · 이승철 · 이규연
펴낸이 김훈순
펴낸곳 이화여자대학교출판부
주소 서울특별시 서대문구 이화여대길 52(우120-750)
등록 1954년 7월 6일 제9-61호
전화 02) 362-2966(편집), 02) 362-6076(마케팅)
팩스 02) 312-4312
전자우편 press@ewha.ac.kr
홈페이지 www.ewhapress.com
책임편집 이정원
디자인 정혜진
찍은곳 한영문화사

ⓒ 이재경, 2013
ISBN 978-89-7300-973-2 03800

값 12,000원

* 잘못된 책은 바꾸어 드립니다.